I0744020

Hannahs edler Ritter

FARRADAY COUNTRY • BOOK EIGHT

CHRIS KENISTON

Indie House Publishing

KAPITEL EINS

„Was zum Teufel machst du da oben?"

Hannah Siobhan Farraday hatte nicht damit gerechnet, dass ihr Cousin Connor so schnell mit den Pferden fertig sein würde, und wäre bei seinem Bellen beinahe von der Steinsäule gefallen. „Die Aussicht genießen." Sie klammerte sich fester an den Pfosten. „Nach was sieht es denn aus?"

„Als würdest du dich darauf vorbereiten, von der Mauer zu springen und dir das Genick zu brechen."

„Sagt der Mann, der auf einer Bohrinsel herumgetanzt ist, um seinen Lebensunterhalt zu bestreiten."

Connor sah zu dem Handwerker hinüber, den er angeheuert hatte, um den hundert Jahre alten Torbogen durch einen mit dem Namen der neuen Stallung zu ersetzen. „Wo ist der Rest der Crew?"

„Spät dran." Der glatzköpfige Mann mittleren Alters mit dem runden Bauch warf Connor kaum einen Blick zu. „Diese kleine Lady hier hilft beim Aufbau."

Irgendwie zweifelte Hannah daran, dass das Ende eines Maßbands festzuhalten, als Aufbau bezeichnet werden konnte. Doch als sie den Mann herumtrotten und auf seine Crew warten sah, hatte sie sich gedacht, dass sie wenigstens helfen sollte, das Ende des Maßbands festzuhalten. Nie im Leben hätte dieser Kerl auf etwas Höheres als einen Ameisenhaufen springen können. Sie neigte den Kopf von ihrem Cousin zur Ladefläche des großen Trucks. „Hast du schon gesehen?"

Die Besorgnis verschwand aus Connors Gesicht, als sein Blick auf dem massiven neuen Bogen landete. Ein langsames Grinsen wölbte eine Seite seines Mundes gen Himmel und wanderte dann über seine Lippen. „Nicht übel."

„Ja." So aufgeregt sie wegen der neuen Stallungen war, würde jeder denken, dass mehr als nur ihr Familienstolz in diesem Unterfangen steckte. Doch sie hätte sich nicht mehr über die neuen Ställe und das Pferdeprogramm freuen können, selbst wenn dieser Ort ihr gehört hätte. Die Gelegenheit, von Anfang an mit dabei zu sein war ein unbeschreibliches Gefühl. Menschen, die normalerweise keinen Zugang zu dieser Art Therapie hatten oder sie sich nicht leisten konnten, Veränderung und Hoffnung zu bringen, war es wert gewesen, alles hinter sich zu lassen, was sie sich in Dallas aufgebaut hatte. Obwohl sie hoffte, dass der Ruf, den sie sich erarbeitet hatte, ihr nacheilen würde.

Der Vorarbeiter kritzelte etwas auf das Klemmbrett in seiner Hand und reichte Hannah dann die Metallhülle des Maßbands. „Hier, schnapp dir diese Seite und sag mir dann, wie weit es ist." Dann schritt er mit dem anderen Ende des Maßbandes in der Hand auf die gegenüberliegende Seite des Eingangs und legte es, auf der ersten Sprosse einer Leiter balancierend, mittig an den Stützpfosten an. „Was hast du?"

„Genau Zweihundertvierundsechzig."

„Gut. Gut", murmelte der Mann vor sich hin.

Sie hätte gedacht, dass sie bei einem Projekt dieser Größe bereits ein paar hundert Mal gemessen und nachgemessen hätten, aber noch einmal konnte nicht schaden. Sie rollte das Band auf, nickte dem Mann zu und drehte sich auf der schmalen Wand um.

„Hier." Connor trat vor und hob einen Arm. „Lass mich dir helfen."

„Ich bin ohne dich hier hochgekommen. Ich

komme auch allein wieder hinunter." Sie balancierte die Mauer entlang und kletterte sie dann so mühelos hinab, wie sie hinaufgestiegen war.

Connor schüttelte den Kopf und kicherte, wobei sein Lächeln immer noch sein ganzes Gesicht einnahm. „Ich weiß nicht, warum ich mir überhaupt die Mühe mache."

Hannah beugte sich vor und küsste ihren Cousin auf die Wange. Obwohl die West-Texas-Farradays und die Hill-Country-Farradays nach den Maßstäben normaler Menschen überhaupt nicht nahe beieinander lebten, verbrachten sie dennoch genug Zeit zusammen, um sich eher als Geschwister denn als Cousins zu betrachten. „Weil du mich liebst."

Connor lachte lauthals. „Unter anderem."

Staub aufwirbelnd, als er von der Hauptstraße abfuhr, näherte sich der kleine Lastwagen mit den restlichen Handwerkern und parkte neben der gewaltigen Eisenkonstruktion. Das Leuchten in Connors Augen ließ die Haare auf Hannahs Arm zu Berge stehen. Ihr Cousin hatte sein ganzes Leben lang von diesem Tag geträumt und auch sie konnte die Vorfreude kaum ertragen. Ja, der Bau der Koppeln und Gehege und zusätzlicher Ställe für das sich im Aufbau befindende Pferdetherapieprogramm waren der Hauptteil zur Verwirklichung seines Traums gewesen, doch das hier – dieser traditionelle eiserne Schriftzug – war das i-Tüpfelchen.

Das Anheben einer Eisenkonstruktion, die mehrere hundert Pfund wog, ging nicht wirklich schnell von Statten und war wenig komplex. Dennoch standen Hannah und Connor, gefesselt von der langsamen Bewegung, wie angewurzelt da. Zufrieden, der Entstehung von etwas Neuem beizuwohnen.

Aus der Stadt kommend hielt hinter ihnen der Truck mit Catherine, Connors Frau an. Türen schlugen zu, und Catherine eilte zu ihrem Mann und schmiegte sich an ihn. „Ich hatte Angst, ich würde es verpassen."

Connor legte einen Arm um die Schulter seiner Frau und zog sie an sich. Es war wirklich süß, wie sich ihre Cousins den Frauen in ihrem Leben widmeten. Für einige, wie Adam, hatte es länger gedauert als für andere, doch sobald ein Farraday-Mann seine Partnerin gefunden hatte, bekam sie hundert Prozent von dem, was er zu geben hatte. Das Komplizierte für Hannah würde in den nächsten zehn Jahren, oder so, darin bestehen, einen eigenen Mann zu finden, der mit ihren Cousins mithalten konnte.

„Jetzt geht es los", flüsterte Catherine.

Das große Kunstwerk senkte sich über dem Eingang und mit etwas Hilfe durch die Männer auf beiden Seiten glitten die Enden in die für sie bestimmten Fassungen, während Hannahs Herz hüpfte, als ob ihr die Capaill Stables gehörten.

Noch ein paar Minuten standen die drei direkt hinter den offenen Toren und starrten nach oben, während die Arbeiter den neuen Schriftzug an Ort und Stelle fixierten.

„Sieht ziemlich gut aus", flüsterte Catherine.

„Besser als gut", fügte Hannah hinzu.

„Großvater würde es gefallen", sagte Catherine.

Connor löste seinen Blick von dem geschwungenen *Capaill*, dem alten gälischen Namen, den sein Vater treffend für die Ranch vorgeschlagen hatte, und studierte das Gesicht seiner Frau. „Denkst du?"

„Ja, das tue ich." Catherine strahlte. „Er liebte diesen Ort. Er war stolz auf seine Geschichte und ich weiß tief im Inneren, dass er begeistert gewesen wäre, hier zu sein, wenn die Brennans und die Farradays auf diesem Land zusammenkommen."

„Und das", Hannah rieb sich die Hände, „ist mein Stichwort, wieder an die Arbeit zu gehen. Ich möchte mit der neuen Fjord-Stute ausreiten. Sie kommt mir noch etwas scheu vor. Das ruft nach etwas gemeinsamer Zeit, nur wir beide."

„Glaubst du nicht, dass sie gut für die Therapie ist?", fragte Catharine. Der einzige Grund, warum sie sich für diese kleinere, stämmigere Rasse entschieden hatten, war ihre Fähigkeit, ein höheres Gewicht zu tragen. Ihre Größe würde es den Patienten und ihren Betreuern erleichtern, das Pferd zu führen. Niemand wollte, dass diese Stute schlecht in das neue Programm passte.

„Wir werden sehen. Vielleicht muss sie sich einfach nur an die neue Umgebung gewöhnen." Das war zumindest die Geschichte, an der sie festhielt. Ein gutes Therapiepferd zu finden, war ein bisschen wie die Suche nach einem guten Mann; sie mochten auf den ersten Blick ziemlich hübsch aussehen, aber sobald man sie kennenlernte, konnten sie sich schnell als ein Problem anstatt als Preis entpuppen.

Der Komfort von weichen Ledersitzen in einem hochwertig verarbeiteten Luxusauto hatte einiges zu bieten. Schade, dass Dale Johnson nicht dasselbe über die beiden Räder unter ihm sagen konnte. Anfangs, als er aus der Stadt fuhr, waren das Dröhnen des Motors unter ihm und der Wind in seinem Gesicht fantastisch gewesen. Das Gefühl der Freiheit hatte zu lange in seinem Leben gefehlt. All das entschädigte ihn fast für den Schlamassel, in den er sich gebracht hatte. Fast.

Jetzt, da er mehr Stunden auf diesen endlosen Nebenstraßen in Texas verbracht hatte, als er zählen wollte, wünschte er sich, er hätte sich statt dieses zweirädrigen Gefährts einen Gebrauchtwagen gekauft, der nicht so häufig aufgetankt werden müsste.

Natürlich könnte sich das nach einer erholsamen Nacht auf einer richtigen Matratze wieder ändern. Andererseits würde er viel mehr als nur eine einzige Nacht Schlaf brauchen, um sein Leben wieder in Ordnung zu bringen – und seinen Rücken. Nach seinen Berechnungen und dem letzten Straßenschild, das er gesehen hatte, sollte er in etwa einer Stunde oder so in Tuckers Bluff ankommen. Langsam benötigte er dringend eine Pause, um die Taubheit loszuwerden, die die wenigen Körperteile einnahm, die nicht wie verrückt schmerzten. Nachdem er Dallas verlassen hatte, hatte es nicht lange gedauert, um zu erkennen, dass er es nicht aushalten würde, ein paar Stunden ohne Unterbrechung auf einem Motorrad zu fahren. Und mit jedem weiteren Kilometer pochte sein Rücken energisch auf mehr Pausen. Schade, dass er kein Heizkissen an den Motor anschließen konnte. Er bremste am Straßenrand ab, kam zum Stehen und stieg vorsichtig von seiner Maschine ab. Viel langsamer, als ihm lieb war, aber immerhin konnte er sich bewegen. Besser als die Alternative.

Ein Schluck kühles Wasser linderte das Brennen in seiner Kehle, wenn auch nicht die Schmerzen in seinem Rücken. Darauf bedacht, sich nicht zu verrenken, tat er sein Bestes, um seine schmerzenden Muskeln zu dehnen, und entschied, dass es sicher hilfreich sein könnte, sich ein paar Minuten länger als geplant die Füße zu vertreten. An einem Zaun in der Nähe machte er Halt und starrte auf den sich vor ihm ausbreitenden Horizont. Es war verdammt lange her, seit er so viel Nichts an einem Ort gesehen hatte. Er konzentrierte sich auf den klaren Himmel, der so blau wie der Malstift eines Kindes war, und zwang sich, an Kindheitszeichnungen zu denken, an das hellblaue Kleid, das sein Date auf dem Abschlussball getragen hatte – das Kleid, das er ihr so mühevoll abgerungen hatte – und an das Glitzern in den schieferblauen Augen seiner Großmutter, wenn sie ihm einen irischen Limerick vorsang. All das, um nicht daran zu denken, dass dieser Ort so sehr der trocken, flachen und höllisch heißen Wüste ähnelte, in der er im Nahen Osten stationiert gewesen war.

An manchen Tagen schien das Marine Corps so weit weg zu sein, so lang her. An anderen Tagen wirkten die Jahre, die er an einem Ort verbracht hatte, an dem ihn niemand haben wollte, schon gar nicht die Einheimischen, so frisch, dass er nicht zur Ruhe kommen konnte. Jetzt, zurück in der zivilisierten Welt – in der er sich gelegentlich fragte, was am modernen urbanen Leben zivilisiert war –, schien es verdammt schwer zu sein, an der Hoffnung auf eine bessere Welt festzuhalten.

Er schraubte den Deckel wieder auf die Wasserflasche und gab sich einen mentalen Tritt. An diesen negativen Gedanken festhalten, würde die Dinge auch nicht besser machen. Es war nun einmal, wie es war. Er packte die Flasche wieder in seinen Rucksack und verweilte noch einen Augenblick in dieser endlosen Weite. Es war Zeit, weiterzufahren. Er schwang sein Bein etwas beweglicher über den Sitz als beim Absteigen von seinem neuen Motorrad, klappte den Seitenständer hoch und startete den Motor.

Die Reifen spuckten Schmutz und Kies als er vom Straßenrand auf den Asphalt fuhr. Bereit, jedes einzelne PS an seine Grenzen zu bringen, beugte er sich vor, als dieser sechste Sinn, der ihm mehr als einmal das Leben gerettet hatte, ihn über die Straße blicken ließ. Sein Herz und sein Motorrad kamen blitzschnell zum Stehen.

Das letzte, von dem er erwartet hatte, es mitten im verdammten Nirgendwo von West-Texas zu sehen, war

ein Pferd, das sich tretend aufbäumte und die zierliche
Schönheit auf seinem Rücken abwarf, sodass diese hart
auf dem unbarmherzigen staubigen Boden aufschlug.
Der Blick auf die schweren Hufe, die mit Schwung auf
die hübsche Reiterin niederprasselten, war alles, was er
brauchte, um kehrt zu machen und über die Straße zu
rasen. Ob im Nahen Osten oder hier in der zivilisierten
Welt, er hatte genug unnötige Todesfälle für mehr als
ein Leben gesehen. Und genug war genug.

KAPITEL ZWEI

„Ruhig." Hannah packte die Zügel und zog fest daran. „Ruhig Mädchen", wiederholte sie, aber das Tier war nicht zu besänftigen. Seit der Sekunde, als Starburst mit den Ohren gezuckt hatte, wusste sie, dass sie in Schwierigkeiten stecken könnte. Das Geräusch, das von der anderen Straßenseite aufheulte, als der Fahrer des Motorrads den Motor wieder anließ, hatte die Stute in höchste – und nervöse – Alarmbereitschaft versetzt. Aber eigentlich war es Hannahs eigene Schuld gewesen. Als sie gesehen hatte, dass der Fahrer in der Ferne anhielt, hatte sie zu lange überlegt, ob sie weiterreiten oder herausfinden sollte, ob der Fremde Hilfe benötigte. Manchmal taten Handys hier draußen einfach nicht, was sie sollten.

In dieser Gegend waren gestrandete Motorradfahrer zwar nicht das Alltäglichste auf der Welt. Andererseits gab es immer wieder Fremde auf der Durchreise, weshalb alles möglich war. Schließlich war West-Texas nicht gerade der Weltraum.

Aber bevor sie die Chance hatte, mit dem neuen Pferd weiterzureiten, hatte der Fremde es für angebracht gehalten, den Motor auf Touren zu bringen und ihr Pferd damit zu Tode zu erschrecken. Und als ob das nicht genug gewesen wäre, hatte er es noch zweimal wiederholt, bevor er davonpreschte, als wäre der Teufel persönlich hinter ihm her. Das überstrapazierte Klischee von zu vielen Liebesromanen passte nur allzu gut zu dieser Situation.

Das Nächste, was Hannah wusste, war, dass sie sich auf einem sehr aufgeregten Pferd wiederfand. Während sie sich über das Sattelhorn beugte, um das nervöse Pferd zu beruhigen, wurde sie völlig unvorbereitet vom Aufbäumen der Stute erwischt. So wie das Pferd bockte, hätte Hannah genauso gut beim Rodeo auf einem wilden Mustang sitzen können. Sie hatte keine Zeit, ihr Gewicht zu verlagern oder das Pferd zu beruhigen. Mit einem schnellen Ruck hoben sich die Vorderbeine des Tieres ein weiteres Mal vom Boden, wobei sich ihr Griff um die Zügel löste. Sie starrte in den klaren blauen Himmel und flog durch die Luft. Es ging alles so schnell, dass sie nicht einmal mehr genug Zeit hatte, auszuatmen oder sich mental vorzubereiten. Das Tier hatte sie so leicht abgeworfen, wie ein störrisches Kind seine Puppe wegwarf. Nur dass Puppen sich nicht alle Knochen im Leib brechen konnten.

„Miss", flüsterte eine entfernt klingende Stimme. „Bewegen Sie sich nicht."

Bewegen? Gerade war sie nicht einmal in der Lage, ihre Augenlider zu heben, ganz zu schweigen von einem Arm oder Bein. Hannah atmete langsam, fast keuchend ein und schaffte es, erst ein Auge und dann das andere zu öffnen. Grelles Sonnenlicht brachte sie dazu, ihre Lider noch einmal schließen zu wollen. Mit zusammengekniffenen Augen drehte sie langsam den Kopf in Richtung der Stimme.

„Bitte versuchen Sie, sich nicht zu bewegen. Tut etwas weh?"

„Abgesehen vom Atmen?"

Besorgte Augen funkelten sie mit einem Hauch von Belustigung an. „Ja. Abgesehen vom Atmen."

Sie bewegte ihre Finger und wackelte mit den

Zehen. Sie bewegte ihre Arme und stützte sich auf ihre Ellbogen.

„Wow. Ich glaube nicht, dass es eine gute Idee ist, jetzt schon aufzustehen."

Wie zum Teufel sollte sie wissen, ob etwas schmerzte, wenn sie sich nicht bewegte? „Mir ist gerade die Luft weggeblieben." Und als sie mit der Hand über eine empfindliche Stelle hinter ihrem Ohr rieb, vermutete sie, dass sie eine höllische Beule bekommen würde.

„Sie haben sich den Kopf gestoßen, nicht wahr?" Der anfängliche Ausdruck der Besorgnis nahm wieder das Gesicht des Fremden ein.

„Unter anderem."

„Ich gebe Ihnen Extrapunkte für Ihren Sinn für Humor. Aber wenn es Ihnen nichts ausmacht, würde ich gerne nach gebrochenen Knochen suchen."

Sie war sich nicht sicher, ob er erwartete, dass sie zustimmen oder widersprechen würde, aber der kleinste Versuch, ihren Kopf zu bewegen, verursachte einen stechenden Schmerz von ihrem Nacken hinauf zu der aufkeimenden Beule. „Okay", murmelte sie stattdessen.

Starke Hände strichen vorsichtig von ihren Schultern über jeden Arm und dann von der Hüfte bis zu den Knöcheln hinab. So wie er ihren Fuß hielt und ihn zärtlich nach links und dann nach rechts drehte, hatte sie das deutliche Gefühl, dass dies nicht das erste Mal war, dass er sich in einer solchen Situation befand. Nicht, dass er es sich zur Gewohnheit gemacht hätte, Frauen von ihren Pferden zu stoßen, aber sie vermutete, dass er Erfahrung in Erster Hilfe hatte. So wie seine sanften Finger über die Knochen manövrierten, ähnlich einem Konzertpianisten, der liebevoll über die Elfenbeintasten strich, wäre sie nicht überrascht, wenn er Arzt wäre.

„Nichts scheint kaputt zu sein, aber die Sanitäter

werden Sie wahrscheinlich auf ein Rückenbrett legen wollen, bevor sie Sie ins Krankenhaus bringen."

Sanitäter? Hatte dieser Typ eine Ahnung, wo sie waren? Trotz seiner Bedenken richtete Hannah sich auf.

„Ich wünschte wirklich, Sie würden das nicht tun." Der Fremde hielt sein Handy ans Ohr.

„Wenn Sie den Notruf wählen, werden Sie zu dieser Tageszeit Esther auf dem Revier erreichen. Sie wird meinen Cousin Brooks anrufen und er wird mich fragen, wie es mir geht. Ich werde ihm sagen, dass es mir *gut* geht, mir nur kurz die Luft weggeblieben ist, und er wird zum Abendessen vorbeikommen, um sich davon zu vergewissern. Oder wir könnten das auf die einfache Art machen."

Mit dem Telefon immer noch am Ohr senkten sich seine Brauen. „Wie war das?"

„Sie lassen mich aufstehen. Aufs Pferd steigen. Und dann warten Sie, bis ich weggeritten bin, bevor Sie diese pferdeaufscheuchende Maschine wieder anlassen."

„Das ist eine Harley. Das mit dem Pferd tut mir leid, aber ich möchte trotzdem, dass Sie bleiben, bis sich das ein Fachmann angesehen hat."

Jetzt, da sie aufrecht saß und leichter atmete, nahm sie sich einen Moment Zeit, um den in Leder gekleideten Fremden anzusehen. Keine strahlende Rüstung, auch wenn er diesen Zug männlicher Ritterlichkeit an sich hatte, der zum Retter einer Jungfer in Not gehörte. Das hieße, wenn sie in Not gewesen wäre. „Es geht mir gut. Wenn Sie sich dadurch besser fühlen, verspreche ich, meinen Cousin selbst anzurufen, sobald ich nach Hause komme, und ihm zu sagen, was passiert ist."

Der Fremde nahm das Telefon von seinem Ohr und starrte darauf. „Sieht nicht so aus, als würde ich hiermit überhaupt jemanden erreichen." Er steckte es in seine Brusttasche und sah sich um, als wünsche er, ein Auto würde zufällig vorbeikommen.

„Sie sind stur, nicht wahr?"

Schockierte Überraschung huschte über sein Gesicht. „Sagen wir einfach, es gefällt mir nicht."

Auch ihr gefiel das nicht wirklich. „Okay." Sie drückte sich mit den Händen vom Boden ab und setzte sich auf. „Genug ist genug." Doch kaum hatte sie sich aufgerichtet, bewegte sich der Boden unter ihr.

„Whoa." Er streckte sich nach vorne und seine starken Hände packten sanft ihre Arme. „Sehen Sie? Und leider wird es keinen Unterschied machen, ob wir Sie hinten auf mein Bike setzen oder Sie mit dem Pferd in den Sonnenuntergang reiten. Wie weit sind wir von der Stadt entfernt?"

„Wir sind am Arsch der Welt."

„So weit weg also?" Er fuhr sich mit einer Hand über den Nacken.

Sie wagte es zu nicken und war erleichtert, dass die Beule an ihrem Hinterkopf nichts einzuwenden hatte und der Boden unter ihr stabil blieb. „Ja, und Sie können mich jetzt loslassen. Die Welt hat aufgehört sich zu drehen."

Inzwischen war Starburst herübergekommen und schnüffelte sanft an Hannahs Schulter. „Tut mir leid, Mädchen. Ich wollte dich nicht erschrecken."

„*Sie* erschrecken?" Die Augen des Fremden weiteten sich.

Hannah kraulte Starbursts Kinn und nahm das unerwartet ruhige Verhalten des Tieres wahr. „Vielleicht bist du doch nicht so verkehrt", gurrte sie, „solange wir dich von Zweirädern fernhalten." Sie hob den Kopf, um sowohl die Ursache ihres aktuellen Dilemmas als auch ihren Retter anzusehen. „Ich verspreche, dass es mir gut geht, aber ich muss zurück, sonst fragen sich die Leute, ob ich mich entschieden habe, den ganzen Weg nach Dallas zu reiten."

„Wenn Sie darauf bestehen, nach Hause zu reiten, folge ich ihnen." So wie er mit seinen besorgten Augen von ihr zum Sattel und zurück blickte, konnte sie nicht gut nein sagen.

„Gut." Sie trat vor den Sattel, legte einen Fuß in den Steigbügel, packte das Sattelhorn, und gerade als sie anfing sich hochzuziehen, tauchten Sterne am Horizont auf. Darauf vorbereitet, wieder auf dem Rücken zu landen, fand sie sich stattdessen in den Armen des Fremden wieder.

Seine dunklen Augen waren voller Sorge. „Ich bin mir bei dieser Idee von Ihnen immer noch nicht so sicher."

Um die Wahrheit zu sagen, begann sie selbst zu zweifeln, aber es gab nicht viele Möglichkeiten, weil sie verdammt noch mal nicht auf das Heck dieses Motorrads steigen würde und sie war auch nicht bereit, Starburst hier alleine auf dem Feld zurückzulassen. Die einzige Wahl, die sie hatte, war, sich zusammenzureißen und nach Hause zu reiten. Aber zuerst musste sie sich aus den Armen dieses Mannes befreien und beweisen, dass sie auf eigenen Beinen stehen konnte. „Sie können mich jetzt runterlassen."

So wie er sie anblickte, schien Kooperation keiner der Gedanken zu sein, die ihm durch den Kopf gehen mussten. Für einen Moment oder zwei dachte sie, er könnte sich tatsächlich weigern und sie einfach den ganzen Weg nach Hause tragen. Erneut machte sich Stille zwischen ihnen breit, bevor er eine Hand unter ihr hervorzog, ihre Füße den Boden berührten und sich dann auch die andere Hand vorsichtig entfernte. Sie holte tief Luft und steckte ihren Fuß wieder in den Steigbügel, um hinaufzuklettern, nur dass diesmal seine Hände für alle Fälle an ihrer Seite waren.

Sie schwang ihr Bein hinüber, richtete sich im Sattel auf und atmete dankbar aus, erleichtert darüber, perfekt ausbalanciert zu sitzen. „Geben Sie mir besser einen Vorsprung. Starburst einmal erschreckt zu haben reicht. Wenn ich fast außer Sichtweite bin, können Sie dieses Gefährt wahrscheinlich sicher starten. Einverstanden?"

Ein weiterer Augenblick des Zögerns verging, aber ihm musste ebenso bewusst sein, wie ihr, dass sie kaum eine andere Wahl hatten. „Einverstanden."

Sie packte die Zügel, zog sie nach links und drehte Starburst in Richtung der Ranch. Die unerwartete und fast absurde Begegnung veranlasste sie, sich umzuschauen und nach Anzeichen eines mysteriösen Hundes zu suchen. Nichts in Sicht. *Schade*. Hätte eine höllisch gute Geschichte abgegeben, um sie ihren Enkelkindern zu erzählen.

Es gab nichts an dem sich entfaltenden Szenario, das Dale nicht verunsicherte. Er fühlte sich schrecklich, wenn es tatsächlich sein Motorrad gewesen war, das das Pferd erschreckt hatte. Doch er war fest der Meinung gewesen, dass Pferde nicht so leicht zu erschrecken wären. Andererseits, was machte ihn zu einem Experten für Pferde?

Er wartete länger, als ihm lieb war, aber nicht annähernd so lange, wie er wahrscheinlich warten sollte, bevor er den Ständer hochschlug und den Motor anließ. Die Harley unter ihm erwachte zum Leben. Vielleicht hätte er wirklich einfach auf der Interstate 20 nach Osten fahren sollen. Er blickte der Frau in der Ferne hinterher und schüttelte den Kopf. *Oder auch nicht.*

Er fuhr langsamer, als er jemals in seinem ganzen Leben mit einem Motorrad gefahren war, selbst langsamer als damals in der Fahrschule, und folgte der jungen Lady in sicherem Abstand. Mehr als einmal war er versucht gewesen, näher heranzufahren, aber die Angst, sie wieder vom Pferd fliegen zu sehen, hielt seine Ungeduld im Zaum.

Der Zaun an der Seite der Straße verwandelte sich in weiß getünchtes Holz, das in eine große Steinmauer unter einem beeindruckenden Torbogen aus Metall überging. *Capaill.* Höchstwahrscheinlich war das kleine Haus in der Ferne in Wirklichkeit nicht ganz so klein. Wenn er hier am Tor stehenblieb, würde er sehen können, ob sie es hineinschaffte. Je weniger Leuten er begegnete, umso besser, aber er konnte auf keinen Fall weiterfahren, ohne sich zu vergewissern, dass sie in Sicherheit war. Wenn er sie persönlich an … Wen eigentlich übergab? Er hatte nicht einmal nach ihrem Namen gefragt. Wusste nicht, ob sie allein lebte, mit einem Ehemann, ihren Eltern oder ihrem Cousin, dem Arzt, den sie anzurufen versprochen hatte.

Als sie die vordere Veranda betrat, beschleunigte er, um schneller dort zu sein, aber nicht so schnell, dass er das Pferd erneut erschreckte. Nur weil sie nicht mehr im Sattel saß, hieß das nicht, dass er das Tier verärgern wollte. Er war fast am Haus angekommen, als er den Motor abstellte und den Rest des Weges zu Fuß ging.

Das Mädchen war keck. Mit verschränkten Armen und herausforderndem Blick begrüßte sie ihn. „Wie Sie sehen können, bin ich gut nach Hause gekommen."

Die Haustür öffnete sich hinter ihr und ein vertraut wirkender großer dunkelhaariger Mann stand auf der Schwelle. „Wir haben uns schon gefragt, ob wir einen Suchtrupp losschicken sollten." Die Augen des Mannes wanderten zum Motorrad und dann zurück zu der Frau. „Wie ich sehe, hast du einen Freund gefunden."

„Ja. Connor, das ist …" Ihre Worte verstummten, als sie auf ihn zeigte. „So viel zur Gastfreundschaft der Südstaaten. Ich kenne nicht einmal Ihren Namen."

„Da…vid, zu Ihren Diensten, Ma'am." Der falsche Name war Improvisation, aber der höfliche Austausch ließ ihn mit einem unerklärlichen Drang zurück, die Absätze zusammenzuschlagen und sich zu verbeugen. Wie blöd hätte das ausgesehen?

Mit ausgestrecktem Arm lächelte seine Jungfer in Nöten. „Freut mich, David. Ich bin Hannah."

„Connor Farraday." Der Mann auf der Veranda streckte seinerseits die Hand aus.

Farraday? Er hatte also Farraday Country erreicht. Natürlich. Ihr Cousin, der Arzt – Brooks. Jetzt ergab alles Sinn. „Vielleicht sollte ein Arzt kurz nach ihr sehen. Sie ist vom Pferd gefallen."

„Du bist was?" Connors Kopf schnellte in Hannahs Richtung herum und sein alarmierter Blick musterte sie schnell von Kopf bis Fuß.

„Das ist nicht das erste und auch nicht das letzte Mal, dass mein Hinterteil auf dem Boden aufschlägt."

Connor drehte sich zu ihm um. „Sie hat Recht. Aber wir sollten aufhören wie Großstädter vor der Tür herumzustehen. Bitte kommen Sie herein. Ich hole meine Frau."

Dale hatte es nicht gerade eilig, also gab es keinen Grund zu widersprechen. Doch irgendwie hatte er das Gefühl, dass dies nicht seine Entscheidung war. Er blickte sie an und wartete eine Sekunde, bis sie langsam nickte, bevor sie ihre Hand an ihren Nacken hob.

„Lassen Sie mich sehen." Ohne auf Zustimmung zu warten, trat er einen Schritt näher und streckte seinen Arm aus, legte seine Hand neben ihre und berührte sanft die betroffene Stelle. „Das ist eine ganz schöne Beule. Holen Sie sich dafür besser etwas Eis, während wir auf den Arzt warten.“

„Arzt?“ Ein attraktiver Rotschopf stand jetzt in der Tür, wo kurz zuvor noch Connor gestanden war. „Bist du in Ordnung?“

Hannah verdrehte die Augen und atmete verärgert aus. „Ach Leute. Es ist nur eine Beule am Kopf.“

Panik erfüllte schnell die Augen des Rotschopfs. „Kopf? Connor telefoniert mit Brooks. Ich vermute, er wird sehr schnell hier sein. In der Zwischenzeit bringen wir dich besser rein, damit du dich setzen kannst.“ Kurz darauf drehte sie sich um und sah ihn über ihre Schulter an. „Sind Sie auch verletzt?“

„Nein, Ma‘am. Man könnte sagen, ich bin der Grund, warum sie von ihrem Pferd gefallen ist.“

Verwirrung gemischt mit Misstrauen starrte ihn an.

„Er meint damit“, Hannah lenkte die Aufmerksamkeit des Rotschopfs von ihm ab, „dass das Geräusch seines Motorrads Starburst erschreck hat. Sie bockte wie ein Mustang und warf mich ab.“

„Ich verstehe“, sagte sie vorsichtig. „Und sagen Sie Catherine, nicht Ma’am.“ Ein kleines Mädchen mit lockigen Haaren rannte auf sie zu und blieb am Sofa stehen. Ihr neugieriger kleiner Blick wanderte von der Rothaarigen zu Hannah zu ihm und zurück. „Bist du krank, Tante Hannah?“

Kluges Kind.

„Nein, Schatz. Es geht mir gut.“

Er bemerkte, dass sie nichts von dem Sturz vom Pferd erzählte, und die Rothaarige nichts hinzufügte.

„Ist Starburst in Ordnung?“, fragte das kleine Mädchen.

„Ja, ist sie. Aber ich wette, sie hätte gerne ein Leckerli von ihrem Lieblingsmädchen.“

Das kleine Mädchen strahlte sie an, nickte und wirbelte herum, dann rannte es in die Richtung, aus der sie gekommen war, und rief: „Daddy, ich brauche eine

Karotte für Starburst.“

„Langsam.“ Connor wäre beinahe mit dem Kind zusammengestoßen. „Sie ist immer noch vorne. Nimm eine Karotte aus dem Kühlschrank und bring sie ihr. Ich bin bald draußen und wir bringen sie zurück in die Scheune und machen sie sauber.“

Immer noch grinsend nickte das kleine Mädchen und rannte an ihrem Vater vorbei in die Küche. Hannah ließ sich vorsichtig auf das Sofa fallen. Das gedämpfte Geräusch von Bewegungen drang aus der Küche herein, und bevor sich irgendjemand bewegte, kam das kleine Mädchen mit einer Möhre winkend zurück und eilte wortlos zur Haustür hinaus.

Catherine zuckte zusammen, als das kleine Mädchen die Tür hinter sich zuschlug und drehte sich zu Connor um. „Glaubst du, es wird jemals einen Tag geben, an dem ich mir keine Sorgen um Stacey und Pferde mache?“

„Tief im Inneren“, Connor lächelte seine Frau an, „machen wir uns alle ein bisschen Sorgen über alles, was unsere Kinder tun, wenn wir sie nicht im Blick haben.“

Der Rotschopf lächelte zurück. „Ich nehme an, du hast recht. Bald werden es Jungs sein und dann Autos, die mich nervös machen.“

„Du meinst Autos, dann College, dann Arbeit, dann Jungs. Weil wir alle wissen, dass sie nicht ausgeht, bis sie fünfunddreißig ist“, sagte Connor trocken.

Die Worte mochten als Scherz gesprochen worden sein, aber Dale wusste tief im Inneren, dass in der Aussage des Vaters wahrscheinlich mehr Wahrheit als Scherz steckte.

„Hast du Brooks erreicht?“, fragte Catharine.

„Er und Toni sind auf dem Weg zur Ranch, um ein paar Pfannen zu holen, die Toni sich von Tante Eileen leihen wollte. Anscheinend ist sie im Backfieber. Er wird davor einen Abstecher zu uns machen."

„Ah, Nestbau", bestätigte Connors Frau.

„Ja, nun, bald wird Brooks Ihnen sagen, dass es mir gut geht und hier alles wieder normal werden kann." Hannah hob ihre Hand auf halbe Höhe zu der Beule an ihrem Kopf, schien es sich aber anders zu überlegen und ließ ihren Arm an ihre Seite sinken.

„Es wäre vielleicht eine gute Idee, ihr einen Eisbeutel gegen die Schwellung zu geben. Und vielleicht ein paar Aspirin."

„Ich hole ihr etwas." Der Rotschopf drehte sich zu ihm um. „Tut mir leid, wo sind meine Manieren? Kann ich Ihnen etwas zu trinken bringen, während ich in der Küche bin?"

„Nein, danke, Ma'am. Ich bin nur auf der Durchreise. Ich werde bald wieder fahren." Zumindest über eines war er sich sicher – es war im Interesse aller, dass er in Bewegung blieb.

KAPITEL DREI

„Es braucht viel mehr als einen Schlag auf den Kopf, um eine Farraday umzuhauen." Brooks Farraday steckte sein Stethoskop in seine Tasche.

„Habe ich doch gesagt." Hannah warf ihrem Cousin ein breites Grinsen zu. So wie diese Familie sich aufregte, könnte man meinen, sie hätte noch nie in ihrem Leben mit einem Pferd zu tun gehabt. Jedes einzelne Mitglied des Farraday-Clans war schon öfter von einem Pferd gestürzt, als sie an Händen und Füßen abzählen konnte. Naja, vielleicht an beiden Händen. Sie hatte keine Ahnung, warum jetzt alle so ein Theater machten.

„Du könntest sie zur Ranch zurückfahren." Catherine richtete ihre Aufmerksamkeit von Brooks auf den Gast, der immer noch im Wohnzimmer war und mit dem sie sich mittlerweile angefreundet hatten. „Ich bin sicher, Tante Eileen wird dir danken wollen, dass du auf Hannah aufgepasst hast. Außerdem gibt es bald Abendessen und sie hat wahrscheinlich genug für eine ganze Armee gekocht."

„Ich würde sagen, mehr als nur die Armee. Ich denke, bei ihr würden Army, Navy und das Marine Corps satt werden." Normalerweise wäre Hannah froh gewesen, diesen Kerl loszuwerden. Den ganzen Vorfall hinter sich zu lassen. Sie wollte ihrer Tante auf keinen Fall noch mehr Gründe geben, um sich um sie Sorgen zu machen. Aber aus irgendeinem Grund gefiel Hannah die Idee, neben seinem Vornamen noch ein bisschen mehr über diesen Fremden zu erfahren.

Jetzt, da sie Gelegenheit hatte, ihn sich genauer anzusehen, wurde ihr klar, dass sie härter auf den Kopf gefallen sein musste, als sie gedacht hatte. Das war die einzig mögliche Erklärung dafür, dass ihr diese funkelnden karamellfarbenen Augen nicht auf Anhieb aufgefallen waren. Ganz zu schweigen davon, dass der Kerl wie ein Mann gebaut war, der sich mit harter Arbeit auskannte. Oder in einem Fitnessstudio. Oder vielleicht beides.

„Unbedingt." Toni saß neben Hannah und wartete mit angehaltenem Atem auf die Antwort ihres Mannes. „Tante Eileen wird auf uns alle sauer sein, wenn wir dich fortlassen, ohne dir wenigstens etwas zu Essen zu geben."

„Das wird nicht nötig sein." David setzte kurz ein müdes Lächeln auf.

Hannah hatte sich keine Gedanken darüber gemacht, aber er war wahrscheinlich schon eine ganze Weile gefahren, was erklären würde, warum er am Straßenrand gestanden hatte. Sie in der Mitte des Feldes ausgestreckt vorzufinden, hatte wahrscheinlich auch seinen Tribut von ihm gefordert. „Hast du eine Unterkunft für heute Nacht? Wir haben viele Gästezimmer."

Die unterschiedlichen Reaktionen im Raum auf ihren Vorschlag brachten sie fast zum Lachen. Toni tätschelte ihr Bein, als wäre es eine geniale Idee gewesen. Catherine warf dem Fremden noch einmal einen Blick zu und zuckte fast unmerklich mit den Schultern. Brooks hingegen sah aus wie eine Eule, die ihre Klauen in einer Steckdose gesteckt hatte. Sie war sich nicht sicher, ob David es bemerkte oder nicht, aber sie glaubte, seine Mundwinkel mit einem Hauch von

Belustigung nach oben wandern zu sehen.

„Das ist sehr aufmerksam von dir, aber das ist nicht nötig. Ich fahre zu einem Bed-and-Breakfast in Tuckers Bluff. Es sieht nach einem guten Schlafplatz für die Nacht aus."

„Megs Haus", sagte Catherine begeistert.

„Meg?"

„Sie ist mit meinem Cousin Adam verheiratet." Hannah stand auf. „Ich sage, wir diskutieren das beim Abendessen. Ich bin hungrig, ich bin müde, und habe ich schon erwähnt, dass ich hungrig bin?"

Brooks schüttelte den Kopf. „Erzähl uns etwas, was wir noch nicht wissen. Hast du jemals keinen Hunger?"

Diesmal lächelte David definitiv. Ein mörderisches Lächeln. „Ich sollte mich wirklich", er machte eine Pause, als er aus dem alten Sessel aufstand, sich den Oberschenkel rieb und eine Grimasse zog, „auf den Weg machen."

Stirnrunzelnd ging Brooks auf ihn zu. „Krämpfe?"

„Nein. Nur steif."

„Wie lange warst du auf dem Bike?"

David richtete sich zu seiner vollen Größe auf, presste seine Lippen fest zusammen und streckte seinen Rücken, bevor er einen Schritt zurückwich. „Nicht lange. Ein paar Stunden. Vielleicht drei. Vielleicht mehr."

„Mehr?" Brooks' Blick verengte sich und fokussierte den Mann vor ihm intensiver. „Wo kommst du her?"

„Aus dem Osten."

Die Falte in Brooks Stirn vertiefte sich. „Aha."

Hannah musste dem zustimmen, was ihrem Cousin durch den Kopf ging. Osten war eine schrecklich vage Antwort. Zumal mehr als die Hälfte des Landes östlich von West-Texas lag. „Ich denke, ein Spaziergang, um dir die Beine zu vertreten und deinen Rücken zu lockern, würde dir gut tun. Wenn du zum Abendessen zu uns kommst, kann dir unser Arzt hier vielleicht ein paar Übungen zeigen, um die Beschwerden zu lindern."

„Die kennst du wahrscheinlich genauso gut wie ich." Brooks warf ihr ein strahlendes Lächeln zu.

Davids Hände fielen schnell an seine Seiten. „Bist du Physiotherapeutin?"

„Nicht einmal annähernd. Pferdegestützte Therapeutin. Wenn der Arzt sagt, dass es in Ordnung ist und du noch eine Weile bleibst, kann ein bisschen Zeit auf dem Pferd helfen, deinen Rücken zu stärken."

David schüttelte den Kopf. „Ich bin nur ein bisschen steif. Außerdem würde eine solche Therapie viel mehr Zeit in Anspruch nehmen, als ich aufbringen kann." Fast so, als würde er versuchen, die Zurückweisung abzumildern, warf er ihr ein breites Grinsen zu.

„Du kannst das Motorrad hier lassen", bot Catherine an. „Es wird bequemer sein, mit dem SUV zur Ranch zu fahren."

„Das wird nicht …"

„Das Bike wartet nach dem Abendessen auch noch hier. Bis dahin solltest du für die Fahrt in die Stadt bereit sein." Catherine wandte sich an den Rest der Familie. „In Ordnung, lasst uns gehen. Jetzt haben wir alle Hunger." Sie wedelte mit den Armen und spornte alle an, sich zu bewegen. Ohne Einwände von irgendjemandem wanderten die Erwachsenen in einer sauberen Reihe zur Tür.

Hannah stellte sich hinter Catherine in die Reihe, lehnte sich an ihre Seite und senkte die Stimme. „Du hast das genauso gehandhabt wie Tante Eileen."

Catherine strahlte sie an. Ein langes, stetiges Lächeln breitete sich auf ihrem Gesicht aus. „Das habe ich das, nicht wahr?"

„Ja hast du." Hannah folgte dem Gast zu Brooks' SUV und unterdrückte selbst ein Lächeln. Das Leben in

Farraday Country im Westen von Texas stellte sich als viel interessanter heraus, als sie gedacht hatte.

In nur wenigen Stunden hatte sich Dale ein klares Bild der Familie Farraday gemacht. Er konnte nicht länger als fünfzehn Minuten im Haus gewesen sein, bevor Tante Eileen ihn mit einem Heizkissen im Rücken auf einem Liegestuhl gesetzt hatte. Nachdem ihr versichert worden war, dass Dale keine zusätzlichen Medikamente einnahm, hatte sie darauf bestanden, dass er ein Bier trank. Dreißig Minuten später brachte sie ihn dazu, im Raum herumzugehen und sich zu strecken, bevor sie ihn wieder mit dem Heizkissen Platz nehmen ließ. Sein kurzer Aufenthalt im Krankenhaus war nicht annähernd an die Fürsorge herangekommen, die diese Frau für ihn aufbrachte.

„Möchtest du noch ein Bier?", fragte sie.

„Nein, Ma'am. Eins ist mein Limit, wenn ich noch fahren muss."

Tante Eileen strahlte ihn an, als wäre er ein Teenager, der seiner Mutter gerade die richtige Antwort gegeben hatte. Er konnte nicht anders, als ihr liebevolles Lächeln zu erwidern. Das ganze Essen, das Geplänkel, die Hänseleien, die Kameradschaft sagten ihm alles über die Familie, was er wissen musste. Und die hübsche Brünette ihm gegenüber am Tisch tat seiner müden Seele besser als das Heizkissen, das Bier oder die Familienliebe, die auf ihn überschwappte.

Hannah stieß sich von ihrem Stuhl zurück und nahm ihre beiden Teller. „Möchtest du etwas Eis zu deinem Kuchen?"

Er war bereit, den Nachtisch abzulehnen, als ihm einfiel, dass jemand beim Abendessen die Worte frisch gebacken verwendet hatte. Unsicher, ob er jemals einen hausgemachten Blaubeerkuchen gegessen hatte, wollte er die Gelegenheit auf ein erstes Mal nicht verpassen. Obwohl er das Gefühl hatte, dass, wenn er noch viel länger bleiben würde, ihm noch viel mehr Premieren bevorstehen würden. „Ohne ist in Ordnung. Vielen Dank."

Die hochschwangere Frau neben ihm beugte sich verschwörerisch vor. „Das Eis ist auch hausgemacht. Vielleicht möchtest du es versuchen. Wollte ich nur gesagt haben." Mit aufrechtem Rücken, die Hände auf ihrem wohlgerundeten Bauch ruhend, zwinkerte sie ihm zu.

„Klingt gut", stimmte er zu. „Vielen Dank."

„Wir Yankees müssen zusammenhalten."

Da in den Vororten von Dallas mehr Nicht-Texaner als Texaner lebten, war er es nicht gewohnt, als Yankee bezeichnet zu werden. Aber er war sehr erfreut über die gewonnene Gemeinsamkeit.

„Woher kommst du?", fragte Toni.

„Geboren in Upstate New York. Ich war in Philadelphia auf der High School und danach an so ziemlich jedem Ort, an den Uncle Sam mich geschickt hat, bevor ich mich in Texas niedergelassen habe."

„Beim Militär?"

„Marine."

„Ah, ein Jarhead."

Er schenkte ihr ein breites Lächeln, trotz des neckenden Spitznamens, der ihn an diese dumme verpflichtende Frisur zurückdenken ließ. Die Lady war einfach zu süß, um sich darüber zu ärgern.

„Schau mich nicht so an." Toni verdrehte die Augen wie eine ältere Schwester, die ihren kleinen Bruder schweigend in die Schranken verwies. „Ich habe drei Schwager, zwei davon ehemalige Marines und einer ein Hubschrauberpilot, der sich bald auch zu ihnen gesellen wird."

Er schüttelte den Kopf, lächelte aber weiter. „Du weißt, was man sagt –"

„Ich habe nicht Ex-Marine gesagt", unterbrach sie ihn, „ich sagte ehemaliger."

Connor kam mit zwei Tellern in der Hand zum Tisch. „Einmal Marine …"

„– immer Marine", wiederholten beide Männer.

Toni verdrehte wieder die Augen und murmelte: „Männer."

Der Kuchen war den ungeplanten Aufenthalt wert und nun Teil seiner neuen Lieblingsliste. „Der ist großartig." Er winkte Tante Eileen mit einer Gabel zu.

„Freut mich, dass er dir schmeckt. Du darfst gerne jederzeit für einen Nachschlag vorbeikommen, wenn du in der Gegend bist."

„Vielen Dank." Vielleicht könnte er eines Tages, wenn er seine Zukunft wieder im Griff hatte, auf das Angebot zurückkommen. Bis er den Kuchen, das Eis und die Tasse Kaffee, auf die Tante Eileen bestand, verputzt hatte, war eine weitere Stunde vergangen. „Vielen Dank für die Gastfreundschaft, aber es ist an der Zeit, dass ich mich auf den Weg mache."

„Hör zu", Connor trat neben ihn, „es ist ein bisschen weit bis in die Stadt, und eine Fahrt mit dem Motorrad muss nach einem so langen Tag hart sein. Warum werfen wir es nicht auf die Ladefläche meines Trucks und ich fahre dich in die Stadt?"

Der Cowboy sah ihn mit ausdrucksloser Miene und ernstem Blick an.

Wenn Dale eine spontane Entscheidung treffen müsste, würde er sagen, dass das Angebot nicht nur erwartete Höflichkeit, sondern aufrichtig war. „Danke, aber das wird nicht nötig sein."

„Richtig. Es ist nicht nötig, aber ich biete es dir trotzdem an." Connor hatte es nicht direkt ausgesprochen, aber die Implikation des Leitspruchs der Marines, *Semper Fi*, war klar.

„Danke, aber am besten mache ich mich einfach auf den Weg. Vielen Dank für die Gastfreundschaft." Er wandte sich an Hannah. „Und ich freue mich zu sehen, dass es dir gut geht. Das mit dem Pferd tut mir wirklich leid."

„Nicht schlimm." Sie lächelte zu ihm hoch. „Das passiert immer wieder."

Tante Eileen stand, die Hände in die Hüften gestemmt, vor ihm und ihr süßes Lächeln war eindeutig dazu bestimmt, die Stursten zu entwaffnen. „Mir fällt kein einziger guter Grund ein, Connors Angebot bezüglich der Mitfahrgelegenheit in die Stadt nicht anzunehmen. Es ist keine Schwäche zuzugeben, dass du Schmerzen hast."

So wie ihr die letzten Worte über die Zunge liefen, hatte Dale das deutliche Gefühl, dass sie über viel mehr sprach als über seinen verletzten Rücken. Hinzu kamen das leise Kichern und das Lächeln auf den Gesichtern der wenigen Leute, die noch am Tisch saßen. Dale war sich nicht sicher, was er antworten sollte, außer einem einfachen: „Danke, Miss Eileen."

„Es heißt *Tante* Eileen. Das Miss lassen wir ganz schnell weg."

„Verzeihung. Danke, Tante Eileen. Aber ehrlich, es geht mir gut genug, um zu fahren. Wirklich. Sie haben sich hervorragend um mich gekümmert. Wahrscheinlich eine bessere Fürsorge, als ich sie seit langem genossen habe. Es geht mir gut, das verspreche ich."

Ihre Haltung lockernd, ließ sie ihre Hände an ihre Seite fallen und nickte. Das akzeptierende Funkeln in ihren Augen ließ ihn sich geringfügig besser fühlen. Ein kleiner Teil von ihm wollte die leichtere Fahrt annehmen. Ein anderer kleiner Teil wollte sich dieser verrückten Familienwelt anschließen, in der er sich im

Laufe nur eines einzigen Abendessens wie zuhause fühlte.

Aber das war nicht seine Welt, und auf keinen Fall würde er seine Welt auf diese netten Menschen abladen wollen. Nicht jetzt. Nicht in Zukunft.

KAPITEL VIER

Dale sah die Lichter der kleinen Stadt vor sich. Soweit er wusste, war Tuckers Bluff eine dieser Städte mit nur einer Ampel. Aber erst als er persönlich die Main Street hinunterfuhr, vorbei an dem Café, den kleinen Läden und dem Stadtplatz, wurde ihm klar, wie klein *klein* eigentlich war. Vor sich sah er das erleuchtete Schild des einsamen Polizeireviers und beschloss, dass jetzt der beste Zeitpunkt war, sich mit dem Grund für die Entscheidung, durch Tuckers Bluff zu fahren, auseinanderzusetzen. Er fuhr in eine Parklücke vor dem Gebäude, klappte den Seitenständer aus und stieg ab. Erneut streckte er sich und setzte dann seinen Helm ab. Er nahm sich länger als nötig, um seine Kopfbedeckung auf dem Motorrad zu befestigen, und wappnete sich für die nächste zu überwältigende Hürde.

Obwohl es gegen das Standardverfahren verstieß, konnte er den Plan nicht durchziehen, ohne mindestens einer Person Bescheid zu geben. Als er die Tür öffnete und das Büro betrat, blickte er nach links und entdeckte die Fahrdienstleiterin an ihrem Schreibtisch. Eine Frau mittleren Alters am Telefon, die „Ja, Ma'am, ich verstehe" und ein paar „Ich weiß, es ist nicht einfach" wiederholte. Sie sah zu ihm auf, lächelte und hob einen Finger. „Ja, Ma'am. Ich werde dafür sorgen, dass jemand vorbeikommt und gleich nachsieht. Ich bin sicher, alles ist in Ordnung. Bis Sonntag." Sie stand auf und entgegnete auf seinen fragenden Blick: „Was kann ich für Sie tun?"

„Ich würde gerne mit dem Polizeichef sprechen."

Die Fahrdienstleiterin musterte ihn von Kopf bis Fuß und dann von Fuß bis Kopf. „Polizeichef Farraday ist im Moment nicht im Büro. Vielleicht kann ich …"

„Nein, Ma'am. Ich warte lieber auf ihn."

Ihr stählerner Blick wurde schärfer. „Es kann eine Weile dauern, bis er wieder im Büro ist. Wenn es sich um einen Notfall handelt …" Sie ließ die Worte hängen.

„Nein, Ma'am. Kein Notfall. Ein Höflichkeitsbesuch. Ich wohne im Bed-and-Breakfast in der Stadt. Ich werde vorbeischauen, nachdem ich eingecheckt habe. Vielleicht erwische ich ihn dann."

„Soll ich ihm eine Nachricht überbringen?"

„Nein, Ma'am. Wie ich sagte. Nur ein Höflichkeitsbesuch."

Die Polizistin sah ihn lange und eindringlich an. Schließlich nickte sie kurz und nahm wieder Platz. Mit einem erwidernden Nicken drehte er sich um und marschierte zur Vordertür hinaus. Wenn er ihr Gesicht richtig lesen konnte, und er war sich ziemlich sicher, dass er es lesen konnte, würde sie in der Sekunde, in der die Tür hinter ihm zuschlug, mit D.J. telefonieren und ihm sagen, dass ein Fremder in der Stadt nach ihm suchte. Dale gefiel ihr Gesichtsausdruck. Er hatte das Gefühl, dass sie eine der Beamten war, die hinter einem standen, wenn die Hölle losbrach. Für seine Kleinstadtpolizei hat D.J. wahrscheinlich eine der besten Truppen in Texas zusammengestellt.

„Also, das war ein netter junger Mann." Tante Eileen

stand an der Spüle und belud die Spülmaschine. „Und er ist einfach vorbeigefahren und hat das Pferd erschreckt, sodass du aus dem Sattel geworfen wurdest?"

„Ja, das beschreibt es ziemlich gut." Hannah wischte den Tresen ab.

„Und du bist sicher, dass nichts anderes in der Nähe war, was das Pferd erschreckt haben könnte?"

Hannah verdrehte die Augen. Dies war das dritte Mal, dass Tante Eileen sie nach etwas anderem in der Nähe gefragt hatte. Die Frau stocherte nach dem mysteriösen Hund. Anscheinend war das Kuppel-Radar ihrer Tante in höchster Alarmbereitschaft und nur das Fehlen eines struppigen Hundes hinderte sie daran, den Fremden mit dem Lasso einzufangen und ihn zurück zum Haus zu schleifen, bis er ihr einen Antrag machte. „Tut mir leid, Tante Eileen. Kein Hund auf der Straße, kein Hund auf den Feldern, kein Hund im Schatten. Kein Hund."

Ihre Tante nickte. „Nun, er scheint ein bisschen kaputt zu sein."

Hannah verkniff sich ein Stöhnen. Sie war sich nicht sicher, ob ihre Tante sich auf den Rücken oder etwas im Inneren des Mannes bezog. Nicht, dass es wichtig wäre. Sie hatte diesen einsamen Ausdruck in seinen Augen schon bei zu vielen Menschen gesehen. Da war definitiv etwas, das schmerzte, und sie war sich sicher, dass sein Rücken nicht die Ursache davon war. Andererseits gab es bei fast jeden Menschen irgendwann in ihrem Leben etwas, das sie tief im Inneren verletzte. Die Menschen, die man am meisten liebte, konnten den schlimmsten Schaden anrichten. Das Leben war ein Kreislauf. Tod, Liebe, Freude, Schmerz, so viele verschiedene Dinge, die dazu beitrugen, wer wir waren. Was auch immer die Teile des Puzzles waren, die ihren Gast zu dem Mann gemacht hatten, der er war, sie würde zumindest sich selbst gegenüber zugeben, dass dieser Typ sie definitiv faszinierte.

„Redet ihr immer noch über diesen Hund?" Ihr Onkel Sean trat hinter sie und küsste sie auf die Wange, dann schüttelte er den Kopf über seine Schwägerin. „Eileen, manchmal frage ich mich, wann du auf diese alberne Vorstellung gekommen bist, dass jede einzelne Person innerhalb der Stadtgrenzen von Tuckers Bluff verheiratet sein sollte."

Tante Eileen wischte sich die Hände am Spüllappen ab und warf ihn auf die Arbeitsplatte, dann drehte sie sich zu ihrem Schwager um. „Jeder einzelne Mensch in der Stadt? Wirklich?" Sie schüttelte lächelnd den Kopf. „Gott weiß, niemand würde die Schwestern verheiraten wollen. Ganz zu schweigen von all den Jungs, die noch Zeit brauchen, um erwachsen zu werden. Aber wenn es für jemanden eine gute Partie gibt, möchte ich sicher nicht, dass er oder sie sie verpasst. Schau, wie glücklich deine Kinder sind. Wenn es passt, passt es einfach. Das ist alles, was ich sage." Sie beugte sich vor und küsste Hannah auf die Wange. „Ich gehe früh ins Bett, um es mir mit einem guten Buch gemütlich zu machen."

Das klang nach einer ausgezeichneten Idee. Hannah hatte vor nicht allzu langer Zeit in der Stadt ein Buch gekauft. Sie dachte, dass es eine nette Abwechslung von dem Last-Minute-Stress der bevorstehenden Reitprogramme sein könnte, sich mit einem altmodischen Taschenbuch ins Bett zu kuscheln. Nur hatte es seitdem noch keinen Abend gegeben, an dem sie nicht zu müde gewesen war, das Ding auch nur in ihren Händen zu halten. Heute Nacht würde die Nacht werden. „Ich werde heute auch früh ins Bett gehen."

Ihr Onkel Sean folgte ihr ein paar Schritte, bevor er mit den Fingern schnippte. „Ich habe es fast vergessen.“ Er drehte sich um, ging zurück zu seinem Büro und kehrte ein paar Sekunden später mit einem Umschlag in der Hand zurück. „Das stecke in meinem *Texas Monthly*-Magazin. Ich wollte es dir heute früh schon geben.“

„Vielen Dank.“ Mit fast zusammengekniffenen Augen studierte Eileen die Absenderadresse, und wenn Hannah sich nicht irrte, wurde Eileen ein oder zwei Nuancen blasser.

„Schlechte Nachrichten?“ Sean Farraday kam näher.

Hannah war also nicht die Einzige, der die Reaktion ihrer Tante auf den Umschlag nicht gefiel.

Tante Eileen schüttelte den Kopf, hob das Kinn und steckte den Umschlag in ihre Tasche. „Nein. Wahrscheinlich Werbung. Man sollte meinen, dass die Werbefirmen inzwischen wissen, dass die Leute keine Post lesen, und aufhören, uns diesen ganzen Mist zu schicken.“

Onkel Sean zögerte, bevor er, zufrieden mit der Erklärung, lächelte. „Ich denke, die Post braucht es, um im Geschäft zu bleiben.“

Tante Eileen erwiderte das Lächeln. „Schlaft gut.“ Mit den Händen in den Taschen ging sie die Treppe hinauf.

Hannah folgte ihr bis zur Tür des alten Zimmers ihres Cousins Adam. Für Hannah fühlte es sich wie zu Hause an. Als junge Mädchen hatten sie und ihre Cousine Grace viele Nächte damit verbracht, zu kichern und zu lachen und die älteren Jungen zu quälen. Sie hatten sich unter dem Bett versteckt, im Schrank und überall sonst, wo sie Streiche spielen konnten. Zusammen hatten sie gelacht und gescherzt, sie hatten ihre Cousins gehänselt, sie waren gestolpert und hatten Purzelbäume und Handstände geübt. Und natürlich teilten sie, wie alle jungen Mädchen,

Geheimnisse aus ihren Tagebüchern. Ja, es war genau wie zu Hause.

Eine weitere Runde Gute-Nacht-Wünsche fand zwischen ihrer Tante, ihrem Onkel und ihr statt, als jeder sein Zimmer betrat und die Tür hinter sich schloss. Ihre Tante und ihren Onkel zu beobachten war wie ihre Mutter und ihren Vater zu beobachten. Obwohl vieles an der Beziehung keinen Sinn ergab. Hannahs Cousinen waren schon lange erwachsen, und doch war Tante Eileen in diesem Haushalt immer noch eine ebenso feste Größe wie Onkel Sean.

Als die Kinder angefangen hatten, wegzuziehen, hätte Hannah, wäre sie es gewesen, nach einem eigenen Partner gesucht oder vielleicht nach jemandem für Onkel Sean. Andererseits, was zum Teufel wusste sie schon über Kindererziehung und Älterwerden. Sie hatte alle Hände voll damit zu tun, Pferde und sich abmühende Schüler zu verstehen. Manche Fragen im Leben sollten einfach unbeantwortet bleiben.

Sie schlug ihren Roman auf und las die ersten Zeilen. Der Held war groß und gutaussehend, mit dunklem Haar, dunklen Augen und natürlich den erforderlichen kantigen Gesichtszügen, kräftigen Armen und dem engen Hemd. So sehr sie auch versuchte, sich ein anderes Bild vorzustellen, jedes Mal, wenn der Held auftrat, tauchte David in ihrem Kopf auf. Vielleicht war ein Buch zu lesen nicht ihre beste Idee gewesen.

„Esther, mach langsam." D.J. war bereits auf dem Weg zurück zum Revier, als seine Fahrdienstleiterin sich bei ihm meldete und über einen Fremden in der Stadt schimpfte. Das sah Esther nicht ähnlich. Von allen

Leuten in seinem Büro war sie normalerweise diejenige, die im Chaos die Ruhe bewahren konnte. „Was genau hat er gesagt?"

„Das habe ich dir schon dreimal gesagt. Er sagte: *Es ist nur ein Höflichkeitsbesuch.* Ich hatte schon genügend Höflichkeitsbesuche, und ihnen geht normalerweise voraus: *Ich bin Officer so und so, aus welcher Stadt auch immer, und ich bin hier, um mich beim Polizeichef zu melden, was auch immer.*" Leise murmelte sie: „Höflichkeitsbesuch für den Arsch." Ein Stöhnen folgte. „Ich sage dir, dieser Typ hat etwas zu verbergen. Ich weiß nicht, wer er ist oder was er ist, aber er wohnt bei deiner Schwägerin im Bed-and-Breakfast. Und ich denke, es wäre nicht schlecht, wenn du eher früher als später deinen Hintern dorthin bewegst."

Das Gefühl der Dringlichkeit in Esthers Stimme hatte nicht nachgelassen, als sie die gleichen Informationen wiederholte. Bei dieser Sache war er sich nicht sicher. Sein Bauchgefühl blieb verdächtig ruhig, aber er vertraute Esthers Bauchgefühl. Mit seinem Leben, wenn es sein musste. Und vor allem mit dem Leben seiner Schwägerin. „Was ist mit Reed? Wie weit ist er entfernt?"

„Jetzt denkst du wie ein Polizist. Und wenn er näher hier gewesen wäre, hätte ich ihn natürlich geschickt. Aber ist er nicht. Der Job liegt bei dir. Also beweg dich."

Für den Bruchteil einer Sekunde fühlte sich D.J., als wäre er der Untergebene und Esther die Vorgesetzte. Aber er tat, was ihm gesagt wurde. Sein Vater und seine Tante hatten keine Dummköpfe großgezogen. „Bin auf dem Weg."

Obwohl er nicht bereit war, Blaulicht und Sirene einzuschalten und ohne verdammt guten Grund durch die Stadt zu rasen, hielt er es trotzdem für angebracht, auf das Gaspedal zu treten und vielleicht eine kleine Geschwindigkeitsüberschreitung zu begehen. Er achtete darauf, nicht zu einer Gefahr auf der Straße zu werden, und schaffte es wesentlich schneller zu Megs Haus, als er es bei einer normalen Abendfahrt getan hätte. Als er in die Auffahrt einbog, bemerkte er das Motorrad, das am Bordstein geparkt war. Er überprüfte die Nummernschilder und notierte sie sich für später. Nur für den Fall.

Als er sich dem Haus näherte, war er sich jedes Zentimeters der Umgebung bewusst und suchte nach Anzeichen von etwas, das auch nur geringfügig von der Normalität abwich. D.J. hatte nicht erwartet, die Haustür zu erreichen und Gelächter zu hören. Erst als er erleichtert aufatmete, wurde ihm klar, wie sehr er Esthers Instinkten vertraute. Soweit er sich erinnern konnte, war Esther nie jemand gewesen, der überreagiert hatte, aber glücklicherweise schien genau das der Fall gewesen zu sein. Dieses Mal.

D.J. öffnete die Tür und folgte den amüsierten Stimmen in die Küche. Meg stand mit einem Teekessel in der Hand neben der Spüle und lachte so heftig, dass ihr Tränen über die Wangen liefen. Adam stand etwas abseits und hielt ein paar Kaffeetassen, die er aus dem Schrank gezogen hatte. Das Grollen tief in seiner Brust passte zu dem seiner Frau. Kein Wunder, dass das Gelächter den Flur hinunter und durch die Vordertür gedrungen war. Auf der großen Mittelinsel sitzend, mit dem Rücken zu D.J., kicherte Esthers Fremder zusammen mit den anderen.

D.J. war sich nicht ganz sicher, wer die Geschichten erzählte, aber er war bereit zu wetten, dass es der Typ war, dessen Gesicht er noch nicht gesehen hatte. „Klingt so, als hätten alle eine gute Zeit ohne mich." Er näherte sich der Insel.

„David hier hat abgedroschene Witze erzählt." Meg

goss Wasser in die beiden Becher, die Adam ihr hingestellt hatte.

Neugierig, das Gesicht des Kerls zu sehen, kam D.J. etwas näher. Bevor er sich beiläufig umdrehen und den Mann besser sehen konnte, stand dieser auf, drehte sich um und streckte ihm die Hand entgegen. „Ich bin David Brubaker. Wie geht es Ihnen?"

D.J. stand sprachlos da. David Brubaker? Der Typ machte ein ernstes Gesicht, sah ihm direkt in die Augen, blinzelte nicht, zuckte nicht zusammen. Nichts davon ergab Sinn. D.J. schüttelte die dargebotene Hand. „Freut mich, Sie kennenzulernen."

„David ist nur auf der Durchreise." Meg füllte ihre eigene Tasse mit heißem Wasser. „Hätte nichts dagegen, wenn er ein paar Tage bleiben würde. Ich hätte gerne ein Repertoire an guten Witzen, die ich meinen Gästen erzählen kann. Heutzutage ist es so schwer, nette anständige Witze zu finden."

„Ich schreibe dir gerne ein paar auf, bevor ich gehe", sagte David mit einem Lächeln. „Mein Großvater liebte es, Geschichten zu erzählen. Es macht Spaß, sie zu teilen. Fast so, als wäre Opa wieder hier."

„Oh, das ist so schön", gurrte Meg praktisch, bevor sie die Kaffeekanne in D.J.s Richtung hochhob. „Möchtest du Tee oder Kaffee, D.J.?"

Er hatte gerade eine übergroße Tasse Kaffee getrunken, bevor der Anruf von Esther kam, aber er würde ziemlich albern aussehen, wenn er um diese Zeit ohne guten Grund vorbeischaute. „Genau das, was ich brauchte. Vielen Dank." Er zog einen Hocker neben den Fremden. Richtige Größe. Richtiger Körperbau. Richtiges Gesicht – falscher Name.

KAPITEL FÜNF

In der Sekunde, in der Meg und Adam aus der Küche verschwanden, wusste Dale, dass er viel erklären musste.

Und tatsächlich sah D.J. ihm in diesem Augenblick direkt ins Gesicht. „Willst du mir sagen, was zum Teufel los ist?"

„Darum bin ich hier."

Meg kam zurück ins Zimmer. „Ich habe vergessen, die Zimtschnecken aus der Tiefkühltruhe zu nehmen. Ich muss sie morgens immer als erstes in den Ofen schieben, und sie werden einfach nicht so gut, wenn ich sie gefroren backe."

Die beiden Männer verfolgten die anmutige Rothaarige, als sie den Raum durchquerte und das Blech aus dem Gefrierschrank holte, das gefrorenen Gebäck auf die Theke stellte und ihnen dann lächelnd zuwinkte, als sie den Raum wieder verließ. „Wenn du noch etwas brauchst, zögere nicht zu fragen. Wie ich schon sagte, Adam und ich sind oben im zweiten Stock."

„Alles gut, danke. Das Zimmer sicht sehr komfortabel aus und du hast mir alles gegeben, was ich brauchen könnte, und noch mehr."

Meg nickte und beide Männer warteten, bis das Klacken ihrer Absätze die Treppe hinauf verschwand.

D.J. rutschte auf seinem Stuhl herum. „Sprich, jetzt."

„Ich wollte, dass du selbst siehst, dass es mir gut

geht. Der Captain hat mir erzählt, dass du dich über meine Genesung auf dem Laufenden gehalten hast, während ich im Krankenhaus war."

„Habe ich. Du siehst furchtbar gut aus für einen Typen, dessen Leben vor nicht allzu langer Zeit noch auf Messers Schneide stand."

„Ja, das war heftig." Jetzt, wo er vor D.J. stand, überlegte Dale, wie viel er dem besten Partner, den er je hatte, erzählen sollte. Was ihn überhaupt ins Krankenhaus gebracht hatte und warum er über alle abgelegenen Straßen von Texas Richtung New Mexico fuhr.

D.J. ließ die Stille nicht länger anhalten. „Ich bin mir sicher, dass du nicht den ganzen Weg gefahren bist, nur um mir zu sagen, dass es dir gut geht, ohne mir sonst noch etwas sagen zu wollen."

„Eigentlich war genau das der Grund." Er musste mehr sagen. „Aber niemand darf wissen, dass ich hier war."

Kopfschüttelnd schob D.J. die halbleere Teetasse weiter weg. „Wie schlimm ist es?"

„Unter Kontrolle." Hoffte er.

D.J. starrte ihn lange und eindringlich an. „Du solltest nicht hier sein."

Dale schüttelte den Kopf. Wenn irgendjemand wüsste, dass er einen Umweg über Tuckers Bluff gemacht hatte, um D.J. zu besuchen, wäre mehr als sein Leben auf dem Spiel. Sondern auch das von D.J.. „Stimmt. Deshalb bin ich nur heute Abend hier und dann ziehe ich weiter. Aber ich wollte, dass du die Wahrheit kennst, egal was du hörst."

Mit zusammengekniffenen Augen und zusammengepressten Kiefermuskeln betrachtete D.J. seinen Freund. Die Chancen standen gut, dass D.J.s polizeilicher Instinkt Schlussfolgerungen zog, die der Wahrheit verdammt nahekamen. Aber D.J. war ein

Cop, der gut genug war, um zu wissen, dass es besser war, zu raten, anstatt Gewissheit zu haben. Sein Kopf wippte einmal auf und ab. „Okay. Wir machen das auf deine Weise. Fürs Erste."

„Vielen Dank." Erleichtert griff Dale nach seinem Kaffee.

„Über den Unfall ..."

„Es ist nicht, was du denkst." Dale schüttelte den Kopf.

„Woher weißt du, was ich denke?"

„Du machst dir Sorgen, dass der Mord mit Selbstmord, zu dem ich gerufen wurde, zu viel für mich war.

„War er es?" D.J.s Gesichtsausdruck blieb stoisch, aber seine Augen leisteten einen lausigen Job, seine Besorgnis zu verbergen.

Bester Partner *und* bester Freund, den Dale je hatte. Er holte tief Luft. Diese elende Nacht war verdammt übel gewesen. Er hatte seine Hilflosigkeit nach seiner Schicht mit ein paar Drinks ertränkt. Zivilisierte Welt für den Arsch. „Ich werde dir keinen Scheiß erzählen. Ich war kurz davor. Wir haben zu viel gesehen." Wenn all dies vorbei war, falls es jemals endete, wäre das ein guter Zeitpunkt für eine Veränderung.

Die fast unmerkliche Neigung von D.J.s Kinn zeigte, dass er genau verstand, wie Dale sich fühlte.

Der Rest von dem, was in Dales Leben vor sich ging, sollte besser ungesagt bleiben. „Eines musst du wissen. Auf dem Weg hierher hatte ich eine kleine Begegnung mit deiner Cousine Hannah."

„Begegnung?"

„Ja. Mein Motorrad erschreckte das Pferd, auf dem sie ritt, und sie wurde abgeworfen."

Alarmiert blitzten D.J.s Augen auf.

„Es geht ihr gut", sagte Dale eilig. Das hätte er wahrscheinlich vorher sagen sollen. „Aber sie hat mich zu Connors Haus mitgenommen. Ich konnte sie nicht einfach mit einer Beule am Kopf davonreiten lassen. Ich wollte sichergehen, dass sie in Ordnung ist. Brooks untersuchte sie und bestätigte, dass es ihr tatsächlich gut geht. Dann bestand deine Tante Eileen darauf, dass ich zum Essen bleibe. Ich kam nicht aus."

Die Anspannung ließ für einen Moment von D.J.s Gesicht ab, als ein Lächeln an seinen Lippen zog. „Das ist keine Überraschung."

„Ja. Seit dem Abendessen ergibt alles für mich viel mehr Sinn."

Diesmal lachte D.J. schallend. „Da bin ich mir sicher."

„Das sollte nichts bedeuten. Und es sollte kein Problem sein. Sonst wäre ich nicht geblieben."

„Das weiß ich."

„Aber nur für alle Fälle solltest du es wissen. Ich war dort."

„Verstanden. Bist du sicher, dass du das so handhaben willst?"

Wenn D.J. ihn das vor fünf Stunden gefragt hätte, hätte Dale mit einem entschiedenen Ja geantwortet. Aber jetzt war er sich einfach nicht mehr sicher.

Während der Rest der Ranch die Angewohnheit hatte, vor Sonnenaufgang aufzustehen, um der texanischen Mittagshitze zu entgehen, begann Hannahs Routine erst während normaler Geschäftszeiten. Außer heute Morgen. Mit in der Dunkelheit weit geöffneten Augen entsagte sie dem Schlaf und entschied, dass es sinnvoller wäre, ihren Tag einfach im Morgengrauen zu beginnen.

„Du bist heute Morgen furchtbar früh aufgestanden." Tante Eileen stand am Herd und stocherte in einer Bratpfanne herum.

„Ich freue mich darauf, mehr Zeit mit den neuen Pferden zu verbringen." Obwohl die Aussage der Wahrheit entsprach, hatte sie ausgelassen, dass es nicht nur die Pferde waren, die ihre Gedanken dazu brachten, Überstunden zu machen. Irgendetwas an ihrem gestrigen Besucher nagte an ihr. Sie konnte nicht genau sagen, warum sie den Fremden einfach nicht vergessen konnte. „Wie kann ich helfen?"

„Die Jungs werden jede Minute zurück sein und Hunger haben. Ich bin nur am Laufen. Warum deckst du nicht den Tisch für mich und holst ein paar Flaschen Orangensaft aus dem Kühlschrank?"

„Wird erledigt."

Als Finn und ihr Onkel Sean sich zu ihnen an den Tisch gesetzt hatten, fiel ein Hauch von Tageslicht durch das Küchenfenster. Sie brannte darauf, noch mehr mit Starburst und den anderen neuen Pferden zu arbeiten. Obwohl sie ein wenig enttäuscht darüber war, dass das neue Fjord-Pferd etwas nervöser war, als sie erhofft hatte, wusste sie, dass erst die Zeit zeigen würde, ob das Pferd bereit für unerfahrene Reiter sein würde.

„Connor hat mir gesagt", Onkel Sean griff nach der Butter, „dass sich bereits die erste Person angemeldet hat, obwohl ihr das Zentrum noch nicht eröffnet habt."

Hannah schluckte schnell ihren letzten Bissen hinunter. „Das stimmt. Ein Teenager mit kognitiven Problemen. Sie und ihre Mutter kommen heute, um sich umzusehen. Ich hatte gestern Abend vorgehabt, alles vorzubereiten, aber der Sturz hat mir dazwischen-gefunkt."

„Soll ich dich mitnehmen, wenn ich fahre?", fragte Finn.

„Nein. Ich habe Zeit zum Gehen. Dann kann ich über meine Pläne nachdenken."

Finn nickte. Er verstand, wie wichtig ruhige Zeit vor einem großen Tag war.

Da Hannah für das adaptive Reitprogramm verantwortlich war, musste sie viel mehr planen, als ihr klar gewesen war, als sie sich bei ihrem Cousin für dieses Projekt gemeldet hatte. Sie hatte mit dem Stall in Dallas, in dem sie gearbeitet hatte, eine hervorragende Grundlage, auf die sie aufbauen konnte, aber die Menge an Details, die sich ohne zusätzliches Personal ergab, war fast überwältigend.

Die Arbeit, die Connor und Catherine geleistet hatten, um ihre ursprünglichen Pläne um ein adaptives Reitprogramm zu erweitern, musste man ihnen hoch anrechnen. Die Koppel, die sie gebaut hatten, war viel größer als alles, was sie für einen Zuchtstall gebraucht hätten. Dennoch wusste Hannah, dass sie an allen Ecken und Enden sparten, um das zu erreichen. Und all das parallel zum Aufbau einer neuen Zucht. Sie hatte Grace eine Liste möglicher Spender gegeben, mit denen sie in Dallas zusammengearbeitet hatte. Es war an der Zeit, dass sie sich persönlich an ein paar Besondere davon wandte. Mrs. Marie Stewart, die Grande Dame der Kinderhilfswerke, mit deren Enkelin Hannah zusammengearbeitet hatte, stand dabei ganz oben auf ihrer Liste.

„Morgen." Connor steckte den Kopf aus einer der Boxen, als er Hannah den Stall betreten sah. „Ich hatte nicht erwartet, dich um diese Zeit hier zu sehen."

Hannah zuckte mit den Schultern. „Ich dachte, ich fange heute früh an."

„Klingt gut." Connor zeigte auf die gegenüberliegende Seite des Stalls, wo die Therapiepferde standen. Ein lautes, pochendes Geräusch wurde durch das hölzerne Gebäude getragen. „Maggie ist es leid, draußen zu warten, bis sie an der Reihe ist."

„Das höre ich." Kopfschüttelnd ging Hannah zu

dem unruhigen Pferd, das mit ihrem Bein gegen die Box schlug. „Du bist aber ungeduldig."

Maggie wieherte und wippte mit dem Kopf auf und ab.

Die Geste brachte Hannah zum Lachen. So viele Menschen unterschätzten den Verstand und die Empathie dieser wunderschönen Tiere. Sie öffnete die obere Hälfte der Tür und griff hinein, um das ängstliche Tier am Kinn zu kraulen. „Wirst du ein braves Mädchen sein und nett mit den anderen spielen?"

Maggie trat erneut gegen die Tür und starrte Hannah an.

„Wutanfälle bringen dich hier nicht weiter."

Das Pferd trat einen halben Schritt zurück und schüttelte den Kopf.

„Also wirst du brav sein?"

Dieses Mal ließ Maggie ihren Kopf sinken und gab einen gedämpften Laut von sich, bevor sie ihren Kopf hob und mit ihren Lippen wackelte.

„Gut." Hannah lachte laut auf und öffnete die Stalltür. „Du bist so eine Charmeurin."

Wie ein braves Mädchen folgte Maggie ihr zum offenen Scheunentor.

Im hellen Sonnenlicht blieb Hannah stehen, klopfte dem Pferd leicht aufs Hinterteil und lächelte. „Es kann losgehen."

Das Pferd startete in einem schnellen Trab. Welch Eleganz, die ihre Mähne im Wind wehen ließ. Egal wie oft Hannah so etwas schon gesehen hatte, dieser Anblick war immer atemberaubend. Einen Fuß auf der untersten Sprosse des Zauns und ihre Arme über der obere hängend, sah sie den Tieren zu, die umhergaloppierten und spielten und ganz Pferd sein durften. Gott, wie sie ihren Job liebte.

Früh morgens mit ihrem Mann im Bett zu kuscheln, war für Margaret „Meg" Farraday der beste Teil des Tages. Nun, vielleicht einer der besten Teile. Und dieser Gedanke brachte ein Lächeln auf ihr Gesicht. Wer auch immer gesagt hatte, Kaffee sei das Beste, hatte unverhohlen gelogen. „Tut mir leid, Hübscher, ich muss aufstehen. David reist heute ab. Ich will sichergehen, dass er ein paar von diesen Zimtschnecken bekommt, bevor er losfährt. Vielleicht mache ich ihm ein oder zwei Sandwiches."

Adam Farraday küsste seine Frau und glitt auf der anderen Seite des Bettes hinaus. „Ich habe auch einen langen Tag vor mir."

Auf ihrem Weg ins Badezimmer und wieder raus, gab es heute leider nur ein Küsschen auf die Wange und einen kurzen Klaps auf den Hintern. Anstatt so zu verweilen, wie sie es gerne wollte, hatten sie beide sich schnell angezogen. Trotzdem fand Meg ihren Gast bereits an der Haustür, als sie nach unten eilte. „Gehst du schon?"

„Alles bereits erledigt. Ich bin startklar. Du warst eine wunderbare Gastgeberin. Ich werde diesen Ort auf jeden Fall jedem empfehlen, der hierher kommt."

„Danke, aber hast du schon etwas gegessen?"

„Nein, Ma'am. Ich hole mir unterwegs schnell etwas."

Zu lustig, dachte Meg. Der arme Kerl hatte keine Ahnung. „In diesem Teil des Landes existieren die Worte schnell oder unterwegs nicht. Der einzige Ort, an dem man im Umkreis von hundert Meilen frühstücken kann, ist das Café, und so gut Abbie auch ist, schnell wird es nicht gehen."

Ihr Gast blickte aus dem vorderen Fenster in

Richtung der anderen Seite der Stadt.

Als sie beobachtete, wie sich seine Haltung veränderte, als er sich entschied und sich wieder zu ihr umdrehte, war sie nicht bereit zu wetten, dass seine Entscheidung das war, was sie hören wollte. Vielleicht war noch eine zusätzliche Prise Schmeichelei angebracht. „Die Zimtschnecken sind hausgemacht. Sie sind eher etwas zum Naschen, aber zumindest wirst du etwas im Magen haben."

David warf einen Blick auf seine Uhr und hob dann seinen Kopf, um sie anzusehen. Sein Gesichtsausdruck wurde weicher und er lächelte. „Ich denke, ein paar Minuten mehr können nicht schaden."

„Gute Wahl." Meg wirbelte schnell herum und eilte in die Küche, bevor er seine Meinung ändern konnte.

Adams Stiefelabsätze hämmerten laut, als er die Stufen hinabstieg. „Guten Morgen. Du bist immer noch hier. Gut."

David drehte sich zu Adam um und wirkte nun viel entspannter. „Ich wurde mit frischen Zimtschnecken bestochen."

„Kluger Mann." Adam stellte sich hinter seine Frau und legte ihr einen Arm um die Taille. Es war erst ein paar Minuten her, seit sie oben in seinen Armen gelegen hatte, und doch schätzte sie jede Sekunde, als wäre es die erste oder sogar die letzte.

„Möchtest du auch noch ein paar Eier und ein Brötchen?", fragte Adam und trat langsam von seiner Frau weg.

Davids Kopf bewegte sich von einer Seite zur anderen. „Ich bin eigentlich kein Frühstücksmensch. Das ist eine Ausnahme."

„Meine Schwägerin Toni ist eine der besten Bäckerinnen im ganzen Bundesstaat Texas, wahrscheinlich sogar westlich des Mississippi und möglicherweise im ganzen Land. Es wird ein höllischer Genuss, vertrau mir." Adam griff nach der Kaffeekanne, hielt sie hoch und wandte sich ihrem Gast zu. „Möchtest du eine Tasse?"

„Nein Danke. Ich möchte es ohne anzuhalten nach New Mexico schaffen."

Adam warf einen Blick auf Davids Hand, die leicht an der Rückseite seiner Wade rieb. Meg wusste, dass ihr Mann dasselbe dachte wie sie. Dieser Mann, der letzte Nacht einen schmerzenden Rücken und heute Morgen ein schmerzendes Bein hatte, sollte nicht auf ein Motorrad steigen und den ganzen Weg nach New Mexico fahren, ohne anzuhalten.

David stand auf, zog seine Jacke aus und wischte sich die Stirn ab.

Nachdem sie die Zimtrollen in den Ofen geschoben und den Timer eingestellt hatte, drehte Meg sich um. Davids Gesicht war ein oder zwei Nuancen heller geworden. Obwohl er sich gerade das Gesicht abgewischt hatte, erschien ein weiterer Schweißtropfen zwischen seinen Brauen.

„Ich schätze, heute wird es höllisch heiß." David warf seine Jacke über den leeren Hocker neben sich. „Ein kühles Glas Wasser wäre schön."

Der Mann machte zwei große Schritte in Richtung Kühlschrank und erstarrte auf der Stelle, während sein Gesicht sich vor Schmerzen verzog, bevor er ein lautes Stöhnen unterdrückte und hart zu Boden fiel.

„Oh mein Gott." Meg raste an seine Seite und beugte sich zu ihm hinab. Ihr Mann war bereits bei ihm und hatte sein Handy gezückt und die Freisprechfunktion eingeschaltet.

Ein einzelner Klingelton ertönte, bevor Brooks antwortete: „Morgen, Brüderchen."

„Es geht um David. Vor ein paar Augenblicken fing er an, stark zu schwitzen. Er wurde blass, stöhnte laut auf und fiel dann wie ein Zwei-Tonnen-Anker zu

Boden. Er ringt nach Luft, also habe ich ihn an der Wand aufgesetzt."

„Scheiße." Brooks' Stimme kam laut und deutlich durch. „Es ist das verdammte Bein. Klingt, als hätte sich ein Gerinnsel gebildet. Halte ihn aufrecht und heb seine Beine an, wenn du kannst. Ich bin in einer Minute da."

Meg war noch nie so dankbar wie in diesem Moment gewesen, dass ihr Schwager gleich um die Ecke wohnte. Als Brooks mit der Arzttasche in der Hand durch die Haustür gerannt kam, hatte Adam ihrem Gast die Stiefel ausgezogen und zwei Kissen unter seine Beine geschoben.

Brooks bückte sich und hob zuerst das rechte Bein und dann das linke, dann schob er seine Hand unter die Jeans bis zum Knie. „Genau das, was ich erwartet hatte. Der Bereich hinter seinem linken Knie ist warm und zuckte, als ich ihn berührte. Klassisches Symptom für eine Venenentzündung. Vermutlich bedingt durch die lange Motorradfahrt mit ständig gebeugten Knien."

Meg trat aus dem Weg und legte die Arme um sich, während sie zusah, wie ihr Schwager ein Fläschchen aus seiner Medizintasche zog und schnell eine Injektionsnadel füllte.

Brooks schnappte sich eine Infusion aus seinem Medizinkoffer und spritzte das Medikament hinein. „Such mir etwas, woran ich das aufhängen kann. Je schneller wir ihm das Heparin zuführen, umso besser." Kaum hatte er die Worte ausgesprochen, legte er eine Aderpresse an Davids Arm und suchte nach einer Vene.

Gerade als Meg mit einem Hutständer aus dem Flur zurückkam, hatte er einen Zugang gelegt und öffnete das Ventil des lebensrettenden Medikaments. „Lasst uns ihn vom Boden aufheben. Das Sofa muss erstmal reichen. Achtet darauf, die Nadel nicht zu beschädigen.“ Brooks schob einen Arm unter die Schultern seines Patienten, Adam kam von der anderen Seite und Meg eilte nach vorne, nur für den Fall, dass sie etwas bewirken könnte. Gemeinsam manövrierten die drei den Mann in das andere Zimmer und setzten ihn, für einen Mann seiner Größe, so bequem wie möglich auf die Couch. „Verdammt gut, dass du ihn nicht aus der Tür gelassen hast. Hätte er auf dem Weg aus der Stadt ein Gerinnsel bekommen, würde er nicht mehr atmen.“

„Ich muss los.“ Davids Stimme war leise und rau und seine Augen blieben geschlossen.

Meg hockte sich neben ihn. „Mach dir keine Sorgen. Keine Eile. Du musst dich erst erholen.“

„Kann nicht bleiben.“ Mit immer noch geschlossenen Augen schwenkte David den Arm mit der Infusion in die Luft und stieß den anderen in die entgegengesetzte Richtung, wodurch Meg von den Füßen gerissen wurde.

„David“, schrie Brooks, wobei er eher wie ein Feldwebel als wie ein Arzt klang.

„Gehen“, murmelte David und drehte sich fast vom Sofa. Adam und Meg bemühten sich, den Mann davon abzuhalten, sich zu verletzen.

„Scheiße.“ Brooks griff in die Tasche neben sich und holte eine bereits aufgezogene Spritze, die er für solche Situationen immer griffbereit hatte. Schnell injizierte er das Beruhigungsmittel in den Infusionsschlauch, und innerhalb von wenigen Sekunden entspannten sich Davids Schultern.

„Geht es ihm gut?“ Meg versuchte verzweifelt, ihre Stimme ruhiger zu halten, als sie sich fühlte.

„Das hoffe ich.“ Brooks legte drei Finger auf das Handgelenk des schlafenden Mannes und nickte.

Meg hatte keine Ahnung, wer dieser Mann war, aber im Moment war sie so außer sich vor Sorge, als wäre er Teil ihrer Familie.

KAPITEL SECHS

„**W**ie habe ich mich von dir nur dazu überreden lassen?" Hannah betrat das Café.

„Du hast Tag und Nacht ununterbrochen gearbeitet. Nach diesem Sturz gestern –"

„Es geht mir gut."

„Ja, aber du hast dir trotzdem eine Pause verdient. Du hast heute Morgen ein paar Stunden mit den Pferden verbracht und jetzt ist es Zeit für ein bisschen Freizeit."

Zu wissen, dass es sinnlos war, mit ihrer Tante zu streiten, war wahrscheinlich der Grund, warum Hannah überhaupt hier war. Und vielleicht, nur vielleicht, die kleine Hoffnung auf eine zweite Chance, dem Fremden von gestern erneut zu begegnen. Wenn sie noch einmal die Gelegenheit hätte, ihn zu sehen und mit ihm zu reden, könnte sie vielleicht einen Abschluss finden und diesen Kerl ein für alle Mal aus ihrem Kopf verbannen. Andererseits war sie kein tagträumender Teenager mehr. Sie sollte aufhören, ihrer Fantasie freien Lauf zu lassen und mit dem wirklichen Leben weiterzumachen.

„Wurde auch Zeit, dass du kommst." Sally May gab ihrer Freundin ein Zeichen, sich zu beeilen. „Ruth Ann ist gerade dabei, die Karten auszuteilen."

„Gib Hannah auch welche." Tante Eileen setzte sich, ohne zu zögern auf ihrem Platz und sammelte die Karten ein.

„Gibt es Neuigkeiten, wie Grace' Reise nach Houston läuft?", fragte Ruth Ann, als sie austeilte.

„Nicht viel. Du weißt, wie Houston ist …"

„Feucht", unterbrachen Dorothy und Sally May, und der gesamte Tisch lachte.

„Hoffentlich schafft sie es, die Thompsons zu besuchen, während sie sich mit den ganzen hochkarätigen Anwälten und Reitern trifft."

Tante Eileen fächerte ihre Karten auf. „Oh, ich bin sicher, das wird sie."

Nora, Brooks' Krankenschwester, lächelte Hannah an. „Ich sehe, du wurdest in ein Spiel verwickelt."

„War nicht so schwer." Hannah erwiderte das Lächeln.

„Das glaube ich gerne", sagte Nora kichernd im selben Moment, in dem ihr Handy eine Nachricht ankündigte. „Hm."

Bevor Nora ihr Telefon aus ihrer Handtasche fischen konnte, klingelte auch Tante Eileens Handy. In einer Stadt, in der die Leute mit der gleichen Faszination an ihren Telefonen klebten wie Schaulustige bei einem Autowrack, wäre das kein Grund zur Sorge gewesen, aber in Tuckers Bluff, wo die Leute sich immer noch lieber persönlich trafen, anstatt zu telefonieren, war dieses synchronisierte Timing etwas Außergewöhnliches.

„Verdammt." Nora sprang auf. „Die beste Hand, die ich den ganzen Morgen hatte." Sie ließ ihre Karten auf den Tisch fallen. „Wir haben einen Notfall. Ich muss gehen."

Tante Eileens Augenbrauen zogen sich besorgt zusammen. „D.J. will uns im Bed-and-Breakfast sehen."

„Dort ist der Notfall." Nora warf sich ihre Handtasche über die Schulter. „Ich schätze, wir sehen uns dort."

Tante Eileen nickte und blickte Hannah an. „Wir beeilen uns besser."

„Wir halten eure Stühle warm, bis ihr zurückkommt," rief Ruth Ann. Es wäre nicht das erste Mal, dass drei der Damen des Ladys Clubs ein Spiel am Laufen hielten.

Hannah eilte zum Auto und entriegelte es. „Was ist los?"

„Hat D.J. nicht gesagt."

„Es gibt nur einen Weg, das herauszufinden." Hannah drehte den Zündschlüssel, fuhr rückwärts aus der Parklücke und raste die Straße hinunter.

Im Bed-and-Breakfast nahm Hannah zwei Stufen auf einmal die Veranda hinauf. Das Einzige, was ihr Herz davon abhielt, wie wild zu schlagen, war das Wissen, dass Tante Eileen einen Anruf anstatt einer SMS bekommen hätte, wenn jemand aus der Familie in Schwierigkeiten wäre. Das sagte sich Hannah zumindest immer wieder.

Das Erste, was ihre Aufmerksamkeit erregte, war Nora, die sich im vorderen Wohnzimmer über eine Person auf dem Sofa beugte. Was sie und ihre Tante dazu veranlasste, in das große Wohnzimmer zu gehen, war der Klang der Stimmen ihrer Cousins, die immer lauter wurden.

„Was zur Hölle ist los?" Tante Eileen blieb mitten im Zimmer stehen.

„Es ist ein Notfall", sagte D.J..

Brooks blickte seinen Bruder ernst an. „Nur, wenn wir es dazu machen."

„Butler Springs ist keine Option", entgegnete D.J..

Brooks zog sein Stethoskop von seinem Hals und warf es auf das Sofa. „Aber die Ranch ist eine?"

„Bei solch begrenzten Informationen ist das der logischste Schritt."

„Nein." Brooks schüttelte heftig den Kopf.

„Vielleicht", Tante Eileen trat zwischen ihre beiden Neffen, „solltet ihr mir verraten, warum ihr euch wie ein paar junge Böcke zankt."

Die beiden Brüder starrten einander einen Moment länger an, als es Hannah lieb war. Sie hatte den Zorn von Tante Eileen kennengelernt, als sie aufgewachsen war, und traute der Frau zu, beide erwachsenen Männer in den Holzschuppen zu schleppen und ihnen den Hintern zu versohlen.

Brooks entspannte sich und rieb sich den Nacken, während er mit seiner Tante sprach. „Dein Gast von gestern Abend hat heute Morgen ein Gerinnsel bekommen."

„Oh mein Gott." Tante Eileens Hand flog vor ihren Mund.

„Er muss überwacht werden. Tägliche Bluttests", er wandte sich an seinen Bruder, „in einem Krankenhaus", dann wandte er sich wieder seiner Tante zu. „Es wird mindestens ein paar Tage dauern, bis die Blutverdünner wirken. Bis dahin müssen wir ihn an eine Heparin-Infusion anschließen."

„Er ist jetzt nicht in einem Krankenhaus und er ist stabil." D.J. drehte sich herum und sah seine Tante an. „Hier ist der Deal. Ich habe letzte Nacht mit David gesprochen – der eigentlich Dale heißt. Er muss unter dem Radar bleiben."

Tante Eileens Lippen verzogen sich zu einer schmalen Linie.

D.J. fuhr fort: „Ich mache mir Sorgen, dass wenn er in ein Krankenhaus eincheckt, irgendein Krankenhaus –"

„Er nicht mehr unter dem Radar bleibt", beendete Tante Eileen.

„Genau. Es ist wahrscheinlich auch am besten, wenn die ganze Stadt nicht weiß, dass er noch hier ist."

Dasselbe Szenario hätte sich auch in Hannahs

Familienhaus abspielen können. Nur in ihrem Fall wäre Jamie, der Freigeist, derjenige, der um besondere Gefälligkeiten bitten würde, und derjenige, der für die Befolgung der Regeln argumentierte, wäre Ian, der gesetzestreue Texas Ranger. Und natürlich würde ihre Mutter die letzte Entscheidung treffen, wahrscheinlich zu Jamies Gunsten.

Tante Eileen wirbelte herum und sah ihren anderen Neffen an. „Können wir ihn auf der Ranch im Auge behalten?"

Mit geschlossenen Augen stieß Brooks einen Seufzer aus, bevor er seinen Blick auf seine Tante richtete. „Könnten wir. Wir können ihm Heparin-Spritzen verabreichen, aber das ist nicht optimal."

Als sie sich wieder umdrehte, um D.J. anzusehen, schien Tante Eileen abzuwägen, was der Mann durchmachte. „Wird das jemanden in Gefahr bringen?"

D.J. hielt länger inne, als Hannah lieb war. Von all den verrückten Dingen, die sie in ihrem Leben angestellt hatte, und ein paar davon waren wirklich heftig gewesen, hatte keines jemals irgendjemanden in Gefahr gebracht.

„Die Möglichkeit besteht, aber ich denke, sie ist gering. Wenn ich etwas Anderes erfahre –" Er ließ die Worte in der Luft hängen.

„Ich muss mit deinem Vater sprechen, aber wenn wir in dieser Familie etwas tun können, tun wir es. Solange wir wissen, womit wir es zu tun haben, können wir auf uns selbst aufpassen. Und wenn es darauf ankommt, wissen wir es alle, wie man eine Waffe benutzt."

D.J. seufzte und nickte. Hannah wusste, dass Tante Eileen und Waffen ein wunder Punkt war.

„Ich sehe keinen Grund, warum Sean etwas anderes sagen sollte", fuhr Tante Eileen fort. „Ich habe ein gutes Gefühl bei diesem jungen Mann. Wenn es für deinen Vater in Ordnung ist, ist es das auch für mich." Und wenn es bei ihr und Onkel Sean wie bei ihrem Vater und ihrer Mutter war, dann war alles, was Tante Eileen für richtig hielt, auch für Onkel Sean in Ordnung.

Dale hatte höllische Kopfschmerzen.

„Beweg dich nicht", drängte eine sanfte Stimme.

Vielleicht, wenn er wirklich Glück hatte, war die Stimme die eines Engels und dieses Chaos eines Lebens, wie er es kannte, war vorbei. Er brauchte viel mehr Energie, als hätte notwendig sein sollen, um seine Augen zu öffnen. Oder zumindest eines von ihnen.

„Hi", sagte die Engelsstimme. Dieses Mal gab es zu den Worten ein Gesicht. Ein hübsches Gesicht. Ein bekanntes Gesicht. „Du hattest einen harten Tag."

Hatte er? Er bemühte sich, seine Augen zu fokussieren und ließ seinen Blick über das hübsche Gesicht gleiten, bevor er sich umsah. Nichts anderes kam ihm auch nur annähernd bekannt vor. Das angenehm heimelige Zimmer deutete an, dass er nicht in Gefahr war. Stahlblaue Augen verengten sich wegen seines langen Schweigens und ihm dämmerte, dass er etwas sagen sollte. „Hi." Nicht gerade Shakespeare, aber vielleicht war weniger mehr.

„Beweg dich nicht, ich hole meinen Cousin." Schnelle Schritte verschwanden auf etwas, das sich nach einer Holztreppe anhörte.

Cousin? Dieses Mal wandte sich sein Blick der Infusion in seinem Arm zu und suchte dann erneut den Raum ab. Der Ort sah nicht aus wie ein Krankenhaus. Warum konnte er sich nicht erinnern, wo er war oder wie er hierhergekommen war? Das Letzte, woran er sich erinnerte, war ein Gespräch mit D.J.. Nein. Frühstück und der köstliche Duft von frisch gebackenen Zimtschnecken. Sonst nichts. Er suchte in seinem Gedächtnis immer noch nach weiteren Einzelheiten, als mehrere Schritte in seine Richtung polterten.

Die Tür öffnete sich und der Engel, nein, kein Engel, D.J.s Cousine kam mit einem D.J.-Klon durch die Tür. „Du siehst besser aus, als du solltest."

„Danke." Obwohl das nicht das erste Wort war, das ihm in den Sinn gekommen war.

„Ich bin Brooks Farraday. Erinnerst du dich an mich von gestern Abend?"

Kaum, aber Dale nickte trotzdem.

Der gute Arzt schob das untere Ende des Bettlakens zur Seite und griff nickend unter Dales linkes Bein. „Gut. Nicht mehr so warm.

Die Erinnerung an einen stechenden Schmerz durchfuhr ihn. „Mein Bein."

Brooks nickte. „Ich habe Anzeichen von kürzlichen Verletzungen bemerkt."

Keine Frage. Dale machte sich nicht die Mühe zu nicken.

„Dein Arzt hätte dich warnen sollen, dass mehrere Stunden auf einem Motorrad mit angewinkelten Beinen geradezu nach Problemen betteln."

Diesmal nickte Dale. Der Arzt hatte mehrere ähnliche Dinge erwähnt, als er entlassen wurde.

„Jetzt hast du Hausarrest."

„Hausarrest?" Wovon zum Teufel sprach der Kerl?

„Ich habe dir intravenös Heparin verabreicht, um weitere Blutgerinnsel zu verhindern. Du hast verdammtes Glück, dass wir das schnell unter Kontrolle bekommen haben. Hätte mein Bruder nicht bemerkt, dass du schwitzt, und hätte er mich nicht sofort angerufen und hätte ich letzte Nacht nicht bemerkt, dass du dein Bein gerieben hast, und hätte ich das Heparin nicht in meine Tasche gesteckt, wärst du jetzt wahrscheinlich tot.“

Dale war kein Arzt, aber selbst er wusste, was ein Blutgerinnsel im Herzen oder in der Lunge bewirken und wie schnell es einen Menschen töten konnte. „Vielen Dank.“

„Das ist mein Beruf.“ Der Hauch eines Lächelns nahm seinen Worten die Schärfe. Ein weiterer bescheidener Farraday. Und ein weiterer, bei dem Dale froh war, dass er seinen Job mehr als gut machte.

„Was jetzt?“ Er musste weiter. Raus aus der Stadt. Raus aus Texas.

„Mein Bruder scheint davon überzeugt zu sein, dass es nicht in deinem besten Interesse ist, dich ins Krankenhaus zu bringen. Ich werde die Infusion entfernen. Du bekommst ein Rezept für Blutverdünner, das du bis zur nächsten Untersuchung bei deinem Hausarzt einnehmen musst. Wir werden sie dir die nächsten paar Tage verabreichen, bis genug davon in deinem System ist, damit du wieder in den Sonnenuntergang reiten kannst.“

„Nein.“ Dale legte den Arm ohne Infusionsnadel an seine Seite, um sich damit vom Bett abzustoßen, und hielt bei dem sanften Griff an seiner Schulter inne.

„Keine gute Idee“, flüsterte der Engel.

„Sie hat recht. Ob es dir gefällt oder nicht, es wird eine Weile dauern, bis du auf Pillen umsteigen kannst. Auch danach musst du immer noch in ärztlicher Behandlung sein, um die Medikamente und Blutgerinnsel zu stabilisieren. Dann –“

„Stopp. Das hört sich nach viel mehr Zeit an, als ich habe.“

„Du atmest doch gern?“, fragte Brooks.

Dale blieb ruhig.

„Dann nimm dir die Zeit.“

„Ich kann nicht in ein Krankenhaus.“

„Musst du nicht." Der Engel lächelte ihn an. „Du bleibst hier. Brooks wird dich überwachen."

„Wo genau ist hier?"

„Du bist im Ranchhaus. Ich bin sicher, du wirst dich hier viel wohler fühlen als im Krankenhaus in Butler Springs."

„Das geht auch nicht." Er wusste, dass sie Recht hatte. Hier würde er sich viel wohler fühlen. Und er wusste, dass der Arzt Recht hatte und es nicht die beste Idee war, auf sein Motorrad zu steigen. Aber er wusste auch, dass hier zu bleiben, definitiv kein guter Plan war.

„Es ist die Idee von D.J.. „

„D.J.?" Hatte sein Freund den Verstand verloren?

Brooks nickte. „Das war auch mein erster Gedanke. Aber was auch immer du und mein Bruder mir nicht sagen, angefangen damit, warum du uns einen falschen Namen gegeben hast, er scheint zu glauben, dass dies der beste Ort für dich ist."

Vielleicht hatten ein paar Jahre auf dem Land D.J. weich gemacht. Das musste die Antwort sein. Erneut versuchte Dale, sich mit seinem freien Arm abzustoßen, und richtete sich auf. Die Steifheit in seinem Rücken und das Kribbeln in seinem Bein verstärkten die Vorstellung, dass es in seinem besten Interesse war, an Ort und Stelle zu bleiben. Aber seit wann hatte er je das getan, was in seinem besten Interesse war? „Danke, Miss —"

„Hannah."

Richtig. „Danke, Hannah." Er wollte seine Beine über die Bettkante schwingen und stellte fest, dass seine Hose nirgends zu sehen war.

„Wenn du nach deiner Hose suchst", Tante Eileen kam mit einem Tablett ins Zimmer, „vergiss es. Sie mussten sie aufschneiden."

„Ich habe noch mehr in meiner Tasche." Weniger

besorgt darüber, wo er war, sah er sich noch einmal im Zimmer nach seiner Tasche um.

„Ich bin mir sicher, dass du das tust." Tante Eileen stellte das Tablett auf eine Kommode in der Nähe und drehte sich zu ihm um. „Jetzt gehst du erst einmal zurück ins Bett und legst deine Beine hoch. Du tust genau das, was dir gesagt wird, weil du jetzt in meiner Obhut bist, junger Mann, und dir unter meiner Aufsicht nichts passieren wird."

Als gedämpftes Gelächter ihn erreichte, erkannte Dale, dass es keinen Sinn machte, mit der älteren Frau zu streiten. Unerwartetes Interesse an der Decke zeigend, stand Hannah neben ihm, die Finger vor dem Mund, um ihre Belustigung besser zu verbergen. Brooks hingegen setzte ein zufriedenes Grinsen auf. Zu diskutieren würde Dale nicht weiterbringen. Die Frage war nun, wie er diesen netten, aber fehlgeleiteten Leuten erklären sollte, dass es in ihrem besten Interesse war, ihm seine Hose zu geben und ihn gehen zu lassen?

KAPITEL SIEBEN

Jetzt fing es an, interessant zu werden. Hannah blieb still, während Tante Eileen das Getränk und das Essen auf den Nachttisch stellte.

Offensichtlich zum Aufbruch bereit, klappte Brooks seine Tasche zu und blickte Dale an. „Hannah und Tante Eileen haben Anweisungen bekommen, was du darfst und was nicht. Ich komme morgen vorbei, um nach dir zu sehen. D.J. kommt heute Abend. Bis dahin schlage ich vor, dass du einfach mit dem Strom schwimmst." Brooks schüttelte den Kopf und wartete nicht auf eine Antwort. Er drehte sich um, gab erst seiner Tante einen Kuss auf die Wange und dann Hannah und ging direkt zur Tür. „Denk daran, wenn Tante Eileen nicht glücklich ist, ist niemand glücklich."

Aufrecht mit dem Laken um die Hüfte gewickelt dasitzend, gab Dale ein sehr hübsches Bild ab. Nun ja, vielleicht nicht hübsch. Vielleicht war gutaussehend ein besseres Wort. Oder vielleicht stattlich. Oder vielleicht Kalendermaterial. Oder Traummann. Oder vielleicht sollte Hannah aufhören, darüber nachzudenken, wie gutaussehend dieser Kerl war, und anfangen, darüber nachzudenken, dass er heute Morgen beinahe gestorben wäre. Dann könnte sie anfangen, sich darüber zu wundern, warum er so darauf aus war, von Tuckers Bluff wegzukommen, und warum D.J. so darauf bedacht war, ihn hier zu behalten, während die Stadt glauben sollte, er wäre gegangen. Was auch immer der

Fall war, ihre Tante hatte alles im Griff. „Ich lasse euch beide entscheiden, wer diese Runde gewinnt. Ich möchte kurz bei Connor vorbeischauen und noch einmal nach Starburst sehen."

„Nur zu, Süße." Tante Eileen hielt ihrem Gast ein Glas Wasser hin. „Wir kommen zurecht." Sie richtete ihren Blick auf Dale. „Werden wir doch, oder?"

Mr. Traummann blinzelte kaum. Nickend hob er sein Bein zurück auf das Bett und ließ sich von Tante Eileen helfen, die Kissen zurechtzurücken, bevor er das Wasser annahm. Was auch immer in den nächsten Tagen passieren würde, Hannah entschied, dass dieses Schauspiel die beste Unterhaltung sein könnte, die sie seit langem hatte.

Ihr Fuß berührte gerade die unterste Stufe, als Brooks die Haustür öffnete. „Würdest du mich zu Connor mitnehmen?"

So wie er die Treppe hinauf und dann zurück blickte, dachte Hannah einen Moment lang, er würde nein sagen. „Sicher kein Problem."

„Du machst dir wirklich Sorgen um ihn, nicht wahr?" Sie bezog sich nicht nur auf den Gesundheitszustand des Mannes, und das wusste Brooks.

„Ich bin mir noch nicht sicher." Brooks hielt ihr die Tür auf und trat zur Seite. „Es gibt so viel, was ich nicht verstehe. Ich will erst noch eine ganze Menge mehr wissen, bevor ich diesen Kerl noch eine weitere Stunde in diesem Haus verbringen lasse. Andererseits vertraue ich meinem Bruder mein Leben an, und wenn D.J. sagt, dass es das Beste für alle ist, werde ich nicht mit ihm streiten." Er nahm seine Tasche von einer Hand in die andere und gab ihr ein Zeichen, voranzugehen. „Dann lass uns losfahren."

Bis vor ein paar Sekunden wollte Hannah unbedingt zurück in die Ställe, da Connor mehr Pferde für die Therapie mitgebracht hatte, als sie erwartet hatte.

Seit Grace begonnen hatte, am gemeinnützigen Teil des Geschäfts zu mitzuarbeiten, war die gesamte Familie von dem großen Interesse und der Notwendigkeit in diesem Teil des Bundesstaates überwältigt worden. Jeder hatte angenommen, dass sie so weit draußen im Nirgendwo eingeschränkt wären, wem sie helfen könnten. Wie sich herausstellte, waren viele Menschen bereit, wahnsinnige Entfernungen zu fahren, um qualifizierte Hilfe für ihre Lieben zu bekommen.

So aufgeregt sie auch über jede Anfrage, jedes neue Pferd, jedes neue Gerät, jedes neue Brett und jeden kleinste Entwicklung des Programms war, und so sehr sie jetzt auch in den Stall gehen und arbeiten wollte, fühlte sich der Gedanke, Tante Eileen allein im Haus zurückzulassen, plötzlich nicht richtig für sie an. „Andererseits sind die Pferde morgen auch noch da." Wie ihr Cousin es ein paar Sekunden zuvor getan hatte, blickte sie die Treppe hinauf und zurück. „Außerdem braucht Tante Eileen vielleicht etwas Hilfe."

Brooks lächelte seine junge Cousine an. „Wir machen uns wohl beide etwas Sorgen?"

In der Ferne wirbelte eine Staubwolke auf. Eine Autokolonne bog auf die lange Auffahrt. Hannah kniff die Augen zusammen, um besser sehen zu können. Der Anblick brachte sie fast zum Lachen. „Sieht so aus, als wären wir nicht die einzigen beiden. Das ist Sally Maes Auto, das die Kolonne anführt. Ich vermute, sie hat den Rest des Ladys Clubs im Schlepptau."

„Wir beide machen uns vielleicht Sorgen. Die Ladys sind einfach überfürsorglich. Aber ich fühle mich besser, wenn das Haus voller Leute ist."

Hannah nickte zustimmend. „Du hast wahrscheinlich Recht."

„Möchtest du noch mitfahren?", bot Brooks erneut an.

„Nein", Hannah trat einen Schritt zurück, „ich

denke, ich bleibe hier. Das Ganze könnte ein bisschen interessant werden.“

„Geht klar. Aber nur für den Fall, dass eine von ihnen mit Törtchen kommt …“ Er warf einen Blick auf das erste Auto, das vor dem Haus hielt, schüttelte den Kopf und unterdrückte ein Lächeln. „Sperr die Waffen weg und lauf.“

„Verstanden.“ Hannah liebte es wirklich, wieder so viel Familie um sich zu haben. Jamie und Ian waren schon so lange von zu Hause fort, dass sie sich oft wie ein Einzelkind fühlte. All diese Besorgnis, gemischt mit Humor, erinnerte sie an ihre eigene Familie, als sie noch ein Kind war. „Wenn es richtig brenzlig wird, schicke ich Rauchzeichen.“

Immer noch den Kopf schüttelnd, rannte Brooks schnell zu seinem Auto und hielt einen Moment inne, um den Ladys zuzuwinken, als sie eine nach der anderen ihre Autotüren zuschlugen und sich auf den Weg zum Haus machten.

Hannah schloss die Tür und eilte die Treppe hinauf. Da der Plan war, die Anwesenheit ihres neuen Hausgastes geheim zu halten, war sie sich sicher, dass dieser kein Treffen des Tuckers-Bluff-Ladys-Clubs beinhaltete.

„Ihr hättet nicht den ganzen Weg hierherkommen müssen.“ Eileen ordnete ihre Spielkarten neu.

Ruth Ann sah zu ihrer Freundin. „So, wie du und Hannah heute Morgen abgehauen seid –“

„Das war nichts.“ Eileen hielt ihre Karten fester. Wenn sie das durchziehen wollten, wäre es entscheidend, diese Frauen für die nächsten paar Stunden abzulenken. „Die arme Meg hatte sich nur so erschreckt, weil ihr Gast ohnmächtig geworden ist."

Sally Mae warf einen Chip in den Pot. „Ich hätte gedacht, dass Meg aus stärkerem Material besteht. Andererseits kann es ziemlich beängstigend sein, wenn einem plötzlich ein vermeintlich gesunder Mensch vor die Füße fällt. Gut für alle, dass es nur sein Blutzucker war."

Eileen konzentrierte sich auf ihre Karten. Das Letzte, was sie brauchte, war, dass ihre Freundinnen ihr auf die Schliche kamen, dass der junge Mann sich noch nicht erholt und die Stadt verlassen hatte.

„Aber was mir wirklich Sorgen machte", fuhr Sally Mae fort, „war, dass Hannah sich so schlecht fühlte, dass ihr beide das Spiel habt ausfallen lassen und nach Hause gefahren seid. Vor allem, weil sie erst gestern diesen Sturz erlitten hat."

„Es war ein neues Pferd, also kannte sie seine Macken noch nicht. Sie zu schnell in die Stadt zu schleppen, war meine Schuld. Ich hätte es ihr heute leicht angehen lassen sollen." Eileen ordnete ihre Karten zum x-ten Mal neu. „Aber darum habe ich mich jetzt gekümmert. Ich habe es Hannah im Obergeschoss mit einer Flut von Kissen, vielen Snacks und vielen DVDs gemütlich gemacht." Ein Ass lugte hinter einer Spielkarte hervor. Sie musste ihre Gedanken ordnen und ihrer Hand mehr Aufmerksamkeit schenken. Nur beschäftigte sie sich im Moment mehr damit, den Anschein einer kränklichen Hannah aufrecht zu erhalten und sich zu fragen, was zum Teufel oben vor sich ging. „Nach dieser Runde werde ich nach ihr sehen."

„Nimm ihr besser noch mehr zu Essen mit." Sally May lachte. „Beule hin oder her, das Mädchen hat immer Hunger."

Eileen kicherte laut. Ja, das Mädchen aß wie einer ihrer Jungs.

Da Brooks' Krankenschwester Nora in der Stadt wohnte, war sie nicht mit Brooks oder den anderen Damen auf die Ranch gekommen, was wahrscheinlich gut war. Es war schon schlimm genug, dass Eileen ihre besten Freundinnen belogen hatte. Die arme Nora auch noch in Verlegenheit zu bringen, musste nicht sein. Es war das Beste für alle, den Fremden zu vergessen und zu glauben, dass er schon lange weg war. Aber sobald ihr Neffe heute Abend nach Hause kam, würde Eileen ergründen, worum es bei all dieser Geheimhaltung ging. Engstirnig war eine Sache, aber dieses komplizierte Durcheinander grenzte an Lächerlichkeit.

Dieses Chaos wurde immer schlimmer. Dale hätte in ein Flugzeug nach Brasilien steigen und alles hinter sich lassen sollen. Er wollte doch nur durch Tuckers Bluff fahren, für fünf Minuten in die Polizeiwache gehen und D.J., die einzige andere Person, der er sein Leben anvertrauen würde, wissen zu lassen, dass er tatsächlich am Leben und wohlauf war. Dann hätte er auf sein Motorrad steigen und in den Sonnenuntergang fahren sollen. Ohne Spuren zu hinterlassen. Niemand hätte etwas herausgefunden. Stattdessen war er nun mitten im Haus der Farradays gelandet.

Trotz der begrenzten Informationen, die er letzte Nacht geteilt hatte, war er sich sicher gewesen, dass D.J. den Ernst der Situation verstanden hatte. Aber wenn D.J. wusste, dass Dale genug Ärger hatte, um ihn zu verstecken, warum um Himmels Willen bestand D.J. darauf, es im Haus seiner Familie zu tun?

Hannah räusperte sich. „Wirst du spielen oder bis zum nächsten Jahrtausend nur auf deine Hand starren?"

„Es tut uns leid. Hast du Zweien?"

„Nein. Du musst ziehen." Hannah grinste über den Rand ihrer Karten.

Vielleicht war er derjenige, der den Verstand verloren hatte. Immerhin war er allein mit einer attraktiven Frau in einem Zimmer – auf dem Bett – und spielte ein Kartenspiel für Kinder. Nicht einmal die Strip-Version. Seit dem Kindergarten hatte er kein *Go Fish* mehr gespielt. Aber bisher hatte sie ihn beim Poker geschlagen und beim Rommé vernichtet, und jetzt war die Auswahl an Spielen, die er gewinnen konnte, auf *Go Fish* zusammengeschrumpft.

„Hast du Dreien?", fragte Hannah.

„Du weißt, dass ich welche habe." Er übergab ihr die Karten. Die Frau sollte in Vegas spielen. Selbst das Glück der Dummen ließ ihn heute im Stich. „Du musst mich nicht babysitten. Ich verspreche, dass ich nicht weglaufen werde."

„So ist das nicht." Sie schob ihre Karten stirnrunzelnd hin und her. „Hast du Zehner?"

„Nein. Wie ist es dann?"

„Ich habe es dir gesagt. Tante Eileen spielt samstagmorgens Poker in der Stadt. Da sie das Kartenspiel ausgelassen hat, brachten sie es zu ihr."

„Ja, das habe ich verstanden, wenn der Prophet nicht zum Berg geht, kommt der Berg zum Propheten. Und ich verstehe, dass niemand außerhalb der Familie wissen soll, dass ich hier bin." Das war so ziemlich das Einzige von dem, was ihm seit dem Aufwachen gesagt worden war, was für ihn einen Sinn ergab. Zusätzlich zu seinen anderen Bedenken zweifelte er an D.J.s Logik, der Familie zu sagen, dass sein richtiger Name Dale war. Und er hatte keine Ahnung, wie sich das entwickeln sollte, wenn Grace von ihrer Reise zurückkehrte. Von den anwesenden Familienmitgliedern kannte nur D.J. ihn, aber Grace war eine andere Geschichte. „Und du wurdest zu meiner Wächterin ernannt."

„Nicht wirklich. Meine Tante brauchte schnell eine Ausrede dafür, dass wir beide nicht in der Stadt bleiben konnten. Das Einzige, was ihr schnell einfiel, war, dass es mir nach dem gestrigen Sturz nicht gut ging. Indem ich also hier oben bleibe, hat sie eine Ausrede, um nach dir zu sehen, ohne dass sich eine der Ladys wundert, warum sie ständig die Treppe hoch und runter geht."

„Ich verstehe, aber sie muss nicht hochkommen, um nach mir zu sehen, also hättest du unten bleiben und Karten spielen können. Mir geht es gut."

Die hübsche Frau vor ihm lachte etwas zu laut und schlug sich mit der Hand auf den Mund, bevor sie durch ihre Finger sprach. „Du kennst Tante Eileen definitiv nicht. Ob es dir gefällt oder nicht, bis du gesundgeschrieben wirst und deine Reiseerlaubnis erhältst, wirst du unter ihrem Adlerauge stehen. Also sitzen wir vorerst hier fest, bis die Ladys nach Hause gehen." Sie faltete ihre Karten zusammen und legte sie hin. „Wie fühlt sich das Bein an?"

„Nicht schlecht." In Anbetracht dessen, dass das dumme Ding ihn fast umgebracht hatte, fühlte es sich ziemlich gut an. Er war wirklich bestrebt, weiterzureisen, aber gleichzeitig gefiel ihm die Idee, hier zu bleiben. Gefiel ihm die Idee, mit Menschen zusammen zu sein, die sich um sie kümmerten. Gefiel ihm die Idee, mit Hannah Karten zu spielen. Aber er sollte an sie nur als tabuisiertes Mitglied von D.J.s Familie denken. Seit er gestern gesehen hatte, wie sie ihr Pferd behandelt hatte, wusste er, dass sie ein gutes Herz hatte. Und dass sie bereitwillig und fröhlich mit ihm in diesem Raum eingesperrt blieb, ohne sich zu beschweren, bestätigte nur diese Vermutung. Sie war ein nettes Mädchen. Nun, vielleicht war Mädchen nicht ganz korrekt. Aber trotzdem, an jedem anderen Ort, zu jeder anderen Zeit, könnte er es wirklich genießen, sie besser kennenzulernen. Ein weiterer guter Grund, warum es die beste Idee war, die er in den letzten Tagen hatte, so schnell wie möglich weiterzuziehen.

„Sie sind gegangen." Tante Eileen kam durch die Tür. „Und Junge, bin ich froh. Ich hätte das nicht länger aufrechterhalten können. Ich habe die letzten drei Pötte absichtlich verloren, was", sie stemmte eine Hand in die Hüfte und winkte Hannah mit dem Finger, „nicht einfach ist, wenn man einen Royal Flush hat."

„Ooh", pfiff Dale. „Mensch, das muss wehgetan haben."

Tante Eileen grinste. „Das hat es. Aber ich fühle mich besser, weil ich weiß, dass du das Opfer zu schätzen weißt, das ich gebracht habe."

„Warum hast du das Spiel geschmissen?", fragte Hannah.

Kopfschüttelnd nahm Tante Eileen das leere Glas vom Nachttisch. „Ich hasste es, zu schauspielern. Schließlich sagte ich, ich wäre zu abgelenkt von dir hier oben, um das Spiel zu genießen." Sie zuckte mit den Schultern. „Zumindest war das größtenteils die Wahrheit. Ich hatte nicht erwähnt, dass ich von euch zwei abgelenkt wurde."

Hannahs Tante war nicht die Einzige. Das war wahrscheinlich der Grund, warum er sein Bestes getan hatte, um das Gespräch während seiner Haft ausschließlich über Kartenspiele zu führen.

„Ich denke", Tante Eileen musterte Dale von Kopf bis Fuß, „wir können dich genauso gut unten auf dem Sofa versorgen."

Dale richtete sich auf und musste sich ein Grinsen verkneifen, als er die beiden Frauen neben sich so fürsorglich sah, als ob er Gefahr liefe, spontan in Flammen aufzugehen. Kein Wunder, dass Declan Farraday so ausgeglichen war. Wer zum Teufel wäre nicht gerne mit Mary Poppins und Florence Nightingale aufgewachsen?

KAPITEL ACHT

Hannah stand mit zwei Tassen Tee im Wohnzimmer und wartete darauf, dass Tante Eileen ein weiteres Kissen unter Dales Beine stopfte. Wenn sie sie noch höher stapelte, würde der Kerl bald auf dem Kopf stehen. „Ich denke, das reicht, Tante Eileen." Der Mann sagte nichts, aber das Funkeln in seinen Augen und das Grinsen in seinen Mundwinkeln sagten ihr, dass er dasselbe dachte.

Tante Eileen trat einen Schritt zurück und ließ ihre Hände an ihre Taille sinken, um ihren Hausgast zu mustern. Blinzelnd schüttelte sie den Kopf, beugte sich vor und zog das Kissen unter ihm hervor. „Drei Kissen sind genug." Ohne ein weiteres Wort drehte sie sich um und ging in die Küche.

Sowohl Hannah als auch Dale behielten den sich entfernenden Rücken ihrer Tante im Auge, bis diese außer Sichtweite war.

„Sie ist sorgfältig, das gebe ich zu." Dale blickte über seine Schulter, um sich zu vergewissern, dass Tante Eileen ihn nicht sehen konnte, und zog das oberste Kissen unter seinem Bein hervor.

„Sie meint es gut. Aber meine Mutter ist genauso. Manchmal wissen sie einfach nicht, wann sie aufhören sollen. Sie scheinen ein zusätzliches Mutterhenne-Gen abbekommen zu haben."

„Es gibt viele Menschen, die sich wahrscheinlich wünschen, eine Mutter mit diesem zusätzlichen Gen zu haben."

„Versteh mich nicht falsch. Ich liebe meine Tante Eileen fast so sehr wie meine eigene Mutter. Als ich aufwuchs, verbrachte ich hier im Sommer mehr Zeit als zu Hause. In dieser Familie ist ein Farraday ein Farraday. Und ich kann mir nicht vorstellen, woanders mit jemand anderem aufgewachsen zu sein. Die meisten Leute würden ein Leben in der Großstadt, oder zumindest einer Stadt so groß wie Dallas, nicht aufgeben um mit ihren Cousins, Tanten und Onkeln mitten im Nirgendwo zu arbeiten."

„Aber ihr seid nicht die meisten Leute, oder?" Dales Mundwinkel hoben sich zu einem ausgewachsenen Lächeln.

„Nein." Sie nahm einen Schluck von ihrem Tee. „Diese Menschen, die ihr Leben in der Stadt nicht aufgeben würden, haben keine Ahnung, was ihnen entgeht."

Dale legte den Kopf schief. „Was entgeht ihnen denn?"

Hannah musste kurz darüber nachdenken. Sie wusste, was die Antwort für sie selbst war – Familie, Gemeinschaft und Pferde. Während jeder Familie und Gemeinschaft brauchte, wäre sie verrückt zu glauben, dass jeder Pferde brauchte. „Unser Leben ist schnelllebig, hektisch und intensiv geworden. Unser Verstand ist ständig mit Handys, Computerbildschirmen und elektronischen Geräten überlastet. Hier draußen arbeiten die Menschen hart, damit sie ihr Leben genießen können. In der Stadt arbeiten die Menschen hart, um die Rechnungen bezahlen zu können."

„Nicht jeder", sagte Dale. „Ich kenne viele Menschen, die ihre Arbeit lieben. Lange und hart zu arbeiten, bedeutet für sie, das Leben zu genießen."

„Natürlich. Ich gehöre zu den Glücklichen, die an etwas arbeiten, das sie über alles lieben. Meine

Kollegen liebten auch, was sie taten. Aber viele von ihnen mussten Nebenjobs annehmen, um sich Dinge leisten zu können, die man früher mit einem einfacheren Lebensstil nicht gebraucht hätte."

„Das klingt ein bisschen zynisch."

Hannah zuckte mit den Schultern. „Ich würde eher sagen, dass man seine Wurzeln nie vergisst, selbst wenn man von zuhause wegzieht."

Dale nickte und musterte sie so lange, dass sie sich wegdrehen wollte, um die Verbindung zu unterbrechen. Beim Kartenspielen oben waren die Momente der gelegentlichen Stille normal, angenehm und gut gewesen. Aus irgendeinem Grund fühlte sich die Stille jedoch unangenehm an, als sie unten im offenen Wohnzimmer waren. Was natürlich absolut keinen Sinn machte. Wo sie sich unbehaglich hätte fühlen sollen, war oben hinter verschlossenen Türen, allein mit einem Fremden auf einem Bett. Vielleicht hatte sie einfach nur den Verstand verloren. Oder sie hatte zu viel süßen Eistee getrunken. Schließlich wusste jeder, dass Zucker nicht das Beste für einen war. Vielleicht.

Hannah stand auf. Ihre Tante war durchaus in der Lage, ihren netten Hausgast zu bewirten. Und sie wollte sich ein anderes Pferd ansehen. „Wenn du mich entschuldigen würdest. Ich würde gerne schnell zu Connor gehen."

Dale schwang die Beine über die Sofakante. „Großartig. Ich komme mit."

„Ich glaube nicht, dass das eine gute Idee ist. Die Anweisung war, dass du es heute ruhig angehen lassen sollst."

„Ruhig, ja. Dahinvegetieren, nein." Dale stand auf. „Das ist ein Blutgerinnsel. Ich nehme Blutverdünner, Bewegung tut mir gut."

„Da bin ich mir nicht so sicher."

„Ich schon. Vertrau mir." Er warf einen Blick auf

seine Sneaker. „Ich weiß nicht, wo meine Stiefel sind. Ist das gut genug?“

„Stell dich nur nicht in die Nähe der Pferde.“ Jetzt musste sie nur noch herausfinden, wie sie ihre Tante davon überzeugen konnte, diesen Mann gehen zu lassen. Oder vielleicht sollte sie ihn einfach zurück aufs Sofa bringen und sich notfalls auf ihn setzen, um ihn ruhig zu halten. Plötzlich blitzte vor ihr das lebendige Bild auf, wie sie rittlings auf diesem ein Meter achtzig großen, gutaussehenden Adonis saß. In Laufschuhen in der Nähe von Tausend-Pfund-Pferden zu stehen, hörte sich nach doch keiner so schlechten Idee an. Sie würde Andys Einladung zum Abendessen definitiv annehmen müssen, wenn er das nächste Mal darum bat. Was machte es schon, dass er Bestattungsunternehmer war?

„Oh Junge, bin ich froh, dass du noch bei uns bist.“ Connor Farraday kam aus der Scheune stolziert, um Hannah und Dale zu begrüßen. „Sieht so aus, als würde es dir besser gehen.“

„Wie ich sehe, spricht sich das hier schnell herum“, sagte Dale.

Connor zuckte mit den Schultern. „So etwas muss man wissen.“

Dale vermied den Instinkt, sich wie ein gefangenes Tier unruhig zu bewegen. Der prüfende Blick in Connors Augen war eindeutig. Dale war sich nicht sicher, wie viel D.J. seiner Familie erzählt hatte, aber so wie Connor ihn ansah, reichte es aus, um ihre Kooperation zu garantieren. Es hatte gereicht, um ihn in die Herde aufzunehmen, aber war nicht genug, um all ihre brennenden Fragen zu beantworten. Er konnte Connor oder einem der anderen keinen Vorwurf machen. Auch er hatte ein paar brennende Fragen an D.J..

Connor sah seine Cousine an. „Ich habe einen Anruf von Adele Hampton bekommen.“

„Hampton?“

„Die Lady, die in Midland lebt. Der einzige Pferdetherapeut, mit dem ihr Sohn gerne arbeitete, zog nach Kalifornien. Ihr zufolge ist er mürrisch und schwierig, seit der Therapeut gegangen ist. In und um Midland gibt es niemanden mehr, mit dem er auskommt. Sie meint, dass sie wieder am Anfang stehen. Klang ziemlich frustriert.“

„Das glaube ich.“ Hannah schnippte mit den Fingern. „Jetzt erinnere ich mich. Mrs. Stewart hat sie an mich verwiesen.“

„Ja. Und anscheinend haben sie entschieden, dass heute ein guter Tag wäre, um hierher zu fahren und dich zu treffen.“

„Du willst mich doch veräppeln?“ Hannahs Kiefer berührte fast den Boden. „Das ist verdammt kurzfristig.“

„Es ist noch schlimmer.“ Connor gestikulierte entschuldigend mit seinen Händen. „Sie ist in etwa dreißig Minuten hier.“

„Dreißig Minuten? Was, wenn ich heute nicht in der Stadt gewesen wäre? Oder die Grippe hätte? Was würde sie dann machen?“

„Ich habe den Eindruck, dass diese Frau daran gewöhnt ist, zu bekommen, was sie will.“

Hannah blickte von Connor zur Scheune, dann hinüber zu Dale und zurück zu ihrem Cousin. „Ich nehme an, wenn sie nur reden will, ist das keine große Sache. Aber wenn sie mich in Aktion sehen will, muss ich sie enttäuschen. Ich habe keine Therapieschüler.“

„Ich habe versucht, ihr das zu erklären. Aber sie war sehr hartnäckig. Höflich. Aber beharrlich. Und es tut mir leid, aber ich habe Ken Brady versprochen, dass ich vor einer halben Stunde bei ihm sein würde, um mit ihrem neuen Pferd zu helfen. Ich kann es nicht länger aufschieben."

„Nein, nein. Geh nur. Ich komme mit dieser Frau zurecht." Hannah machte kehrt und lächelte Dale an. „Hast du Erfahrung mit Pferden?"

„Nur die Art unter einer Motorhaube."

„Das muss wohl reichen. Du bekommst gleich einen Crashkurs über die Art mit vier Beinen."

Dale hatte kaum Zeit, ihre Worte zu verarbeiten, als er sich bereits beeilte, sie einzuholen.

„Zum Glück ist in der Arena alles bereit. Bautechnisch zumindest. Aber ich habe keine Trainingselemente draußen. Wenn du mir hilfst, bereiten wir die Bühne vor."

„Ich gehöre ganz dir."

„Gut." Grinsend warf sie ihm einen Blick über die Schulter zu. „Aber um unser beider willen, sagst du besser kein Wort zu Tante Eileen."

Damit hatte er kein Problem. Was er ein wenig herausfordernd fand, war die süße Art und Weise, wie eine Seite ihres Mundes etwas höher als die andere kippte, als sie versuchte, ein vollwertiges Grinsen zu verbergen. Obwohl es immer noch sicherer war, ihr Lächeln zu beobachten, anstatt den Rest von ihr anzusehen.

Auf der anderen Seite der Arena folgte er ihr zu einem großen Lagerraum. Hannah bewegte sich zielstrebig. Voll konzentriert. Es war faszinierend zu sehen, wie sie nach etwas griff, das für ihn wie Schwimmnudeln aussah, und seine Arme damit belud.

„Bring die für mich in die Arena, stell sie hinter der Tür ab und komm dann zurück. Wir werden so viele Requisiten wie möglich aufbauen. Es sollte nicht zu lange dauern, den Schulungskurs einzurichten.

Hoffentlich haben wir genug, um Mrs. Hampton einen guten Eindruck davon zu vermitteln, wie alles aussehen wird und was wir tun können.“

Dale sagte kein Wort. Er nickte nur, nahm die Nudeln entgegen, die erheblich schwerer waren, als er erwartet hatte, und drehte sich in Richtung Arena.

Er war sich nicht ganz sicher, wie viel Zeit vergangen war, bis die beiden die Nudeln in verschiedenen Größen in der Arena verteilt hatten. Am Ende lagen verschiedene Muster um zwei Quadrate, eines auf jeder Seite der Arena.

„Und wie hilft das der Person auf dem Pferd?“ Er wollte nicht dämlich erscheinen, aber er verstand nicht, warum das Führen eines Pferdes in und aus einem Quadrat auf dem Boden einer Person mit körperlichen oder emotionalen Problemen irgendwie helfen könnte.

„Das hängt von der Person ab. Siehst du die verschiedenen Buchstaben an der Wand?“ Sie wartete darauf, dass er nickte. „Der Reiter hält bei jedem an, zählt bis drei und geht dann zum nächsten weiter. All diese Dinge sollen Schülern mit kognitiven Schwächen beim Sequenzieren helfen.“

„Was ist mit jemandem mit einer körperlichen Verletzung?“

„Es gibt viele verschiedene Gründe, warum therapeutisches Reiten helfen kann. Zum Beispiel bewegen sich die Hüften eines Pferdes genauso wie unsere. Dies fördert das Muskelgedächtnis und die Kraft ohne das Wissen des Reiters, sodass er seine Haltung verbessern und stark werden kann, indem er etwas macht, das ihm Spaß bereitet.“

„Angenommen, man hat einen sturen Teenager, der keine normale Therapie machen will, dann kann das Reiten einen Unterschied machen. Ich glaube, ich verstehe.“

„Gut, denn wir haben noch etwa zehn Minuten Zeit

und es kann länger dauern, Maggie aufzusatteln."

„Maggie?"

„Sie ist ein gutes Pferd. Sie mag Männer nicht besonders, also musst du Abstand halten, aber sie kann toll mit Kindern umgehen."

„Deine Augen leuchten, wenn du über Maggie sprichst."

„Ich liebe dieses Tier mehr als manche Menschen ihre eigene Familie lieben."

Das schien nicht so schwer zu glauben. Er wusste genauso gut wie jeder Polizist, dass zu viele Menschen keine Ahnung hatten, was Familie bedeutete, ganz zu schweigen Liebe und Respekt.

In der Scheune machte Hannah in einem Raum halt, der dem Lagerraum ähnelte, aus dem sie die Requisiten geholt hatte. Dieser Raum enthielt Sättel, Geschirre, alle Arten von Decken und ledernen Pferdesachen, die an den Wänden hingen und in den Regalen aufgereiht waren. Mit der gleichen militärischen Präzision, mit der sie durch den anderen Bereich gelaufen war, griff sie nach den Dingen, die sie brauchte, und reichte sie an Dale weiter. Sogar mit Ausrüstung beladen, einschließlich eines Eimers mit Bürsten an seinen Fingern, machte er instinktiv einen Satz nach vorne, als sie nach einem Sattel griff, der eindeutig extrem schwer aussah.

„Mach nicht so auf Macho. Ich trage Sättel, seit ich alt genug bin, um in einem zu sitzen. Folge mir." Ohne zu zögern, drehte sie sich um und marschierte zur Tür hinaus und den Flur entlang. Auf halbem Weg an den Boxen entlang wurde sie langsamer. „Du wartest besser hier." Sie legte den Sattel auf etwas, das wie der Sägebock eines Zimmermanns aussah, und nahm ihm den Eimer und ein paar andere Dinge ab. „Ich mache sie schnell sauber und hole dann den Sattel."

„Bist du sicher, dass ich dir nicht helfen kann?"

„Ja, ich werde nicht lange brauchen."

Obwohl sie ihn in ihrem Rücken nicht sehen konnte, nickte er, auch wenn es ihm überhaupt nicht gefiel, unnütz herumzustehen. Er hatte kein Problem damit, Befehle von einer Frau entgegenzunehmen. Das hatte er bei den Marines gemacht und ebenfalls bei der Polizei. Zum Teufel, er hatte die meiste Zeit seines Lebens Befehle von seiner Mutter befolgt. Aber etwas an der Art und Weise, wie diese junge Frau das Kommando übernahm, besonders in einer Welt, die viele Menschen als Männerwelt bezeichnen würden, brachte ihn dazu, ihr überall hin folgen zu wollen. Sogar bis in die Hölle und zurück.

KAPITEL NEUN

„Haben wir nicht alle Hände voll zu tun?" Hannah zog ein Leckerli aus ihrer Tasche und hielt Maggie ihre Hand entgegen. Zu Hause hatte sie das Pferd vor einem weniger fürsorglichen Besitzer gerettet. Aber es war der Arsch davor gewesen, wegen dem Maggie jetzt vor den meisten Männern zurückschreckte. „Du magst die, nicht wahr?"

Maggie wippte mit dem Kopf, bevor sie sich neben Hannah drängte. Obwohl sie es eilig hatte, nahm sie sich noch einen Augenblick, um der Stute das Kinn zu kraulen. Hannah machte sich schnell daran, jeglichen Staub abzubürsten und die Hufe des Pferdes auszusuchen. Als sie zu ihrem Hals kam und nach dem Kamm für Mähne und Schweif in ihrer Tasche greifen wollte, erkannte sie, dass sie ihn bei Dale gelassen haben musste. Hannah rieb Maggie leicht hinter dem Ohr und flüsterte: „Bin gleich zurück, Mädchen."

Jedoch stand sie kurz darauf vor einem Dale mit leeren Händen. Verdammt. „Ich muss den Kamm in der Sattelkammer gelassen haben. Warte hier, ich bin gleich zurück."

Dale nickte ihr zu, sagte aber wie schon vor ein paar Augenblicken nichts. Sie beschleunigte ihr Tempo und trabte fast zur Sattelkammer, wobei in ihrem Kopf allerlei Gedanken herumhüpften. Sie musste sich beeilen. Sie ließ Maggie nicht gerne halb fertig zum

Reiten allein in ihrer Box stehen. Aber sie musste einen guten Eindruck auf Mrs. Hampton machen. Mrs. Stewart sollte einen guten Bericht bekommen, bevor Hannah sie um eine Spende bat. Aber mehr als alles andere drehten sich ihre Gedanken darum, wie sehr sie sich wünschte, Dale hätte seine Antwort tatsächlich ausgesprochen. Irgendetwas im Klang seiner Stimme traf einen Nerv. Einen guten Nerv. Sie hatte nicht bemerkt, wie sehr sie es genoss, ihm zuzuhören, bis er aufhörte zu sprechen. Und war das nicht das Dümmste, was man je gehört hatte? Sie war eine erwachsene Frau, schon seit Jahren, und doch dachte und benahm sie sich wie ein vernarrter Teenager. Sie musste dringend raus und mehr Kontakte knüpfen.

Sie griff nach dem Kamm, den sie fallen gelassen hatte, wirbelte herum und eilte durch die Tür in Richtung der Kabine. Für eine kurze Sekunde fragte sie sich, wo Dale hingegangen war. Sie blickte sich um, um nachzusehen, ob er weggegangen war und sich andere Pferde ansah. Erst als sie Maggies Box fast erreicht hatte, hörte sie die Stimme, die sie so vermisst hatte.

Ihr Herzschlag galoppierte so schnell, wie Maggie ein offenes Feld überqueren konnte. Und doch war das alles so seltsam. Ein Mann in Maggies Box würde das Pferd dazu bringen, mit den Füßen zu treten, gegen die Seiten zu schlagen und eine Menge Lärm zu machen. Das arme Pferd wäre fast eingeschläfert worden, nachdem es einen Stallknecht schwer verletzt hatte, der das Schild an der Tür ignoriert hatte, das Männer aufforderte, draußen zu bleiben.

Aus Angst vor dem, was sie finden könnte, und völlig verwirrt wegen der sanften Stimme und des ruhigen Pferdes, näherte sich Hannah vorsichtig der Box. Für eine Sekunde überlegte sie sogar, ob Maggie vielleicht ausgebüchst war und sich auf den Weg zur

Weide gemacht hatte und Dale einfach nur dastand und mit sich selbst redete. Was nicht der Fall war. Fast ängstlich zu atmen, spähte sie um die Ecke und erblickte Dale an der Seite des Pferdes. Er kraulte sie sanft am Kinn und flüsterte so leise, dass Hannah seine nächsten Worte kaum verstehen konnte. Der Klang seiner Stimme, die Schwankungen in seinem Tonfall, eine Sanftheit, die ein Opferlamm hätte beruhigen können. Alles wirkte zusammen, um alle Bedenken, die sie vielleicht hatte, sofort zu zerstreuen. Offensichtlich hatte Dales Stimme auf Maggie die gleiche Wirkung.

Hätte Hannah nicht das Geräusch klappernder Absätze in der Ferne gehört, wäre sie gerne den Rest des Tages vor der Kabine gestanden und hätte diesem leisen Murmeln gelauscht. Sie senkte die Stimme und bewegte sich langsam vorwärts. „Es hört sich so an, als wäre Mrs. Hampton hier. Ich muss sie begrüßen. Warum kommst du nicht mit?"

Dale wechselte vom Kraulen zu einem sanften Streicheln des Pferdehalses. „Na sicher."

Während sie darauf wartete, dass er vor ihr die Box verließ, wusste Hannah nicht, wo sie anfangen sollte. Ob sie sauer sein sollte, dass er ihre Anweisungen nicht befolgt hatte, oder sich vor Ehrfurcht vor ihm verbeugen sollte, weil er es geschafft hatte, in die Kabine zu gelangen, ohne Maggie aufzuschrecken. Für beides hatte sie keine Zeit, da sie Mrs. Hampton mit Catherine an ihrer Seite schnell auf sich zukommen sah.

„Da bist du ja", sagte Catherine mit einem aufgesetztem PR-Lächeln.

„Wir machen eines der Pferde reitfertig", sagte Hannah.

Mrs. Hampton blickte auf und hinüber. „Sehr schön. Aber das wird heute nicht mehr nötig sein."

„Wir sind sehr stolz auf das, was wir hier aufgebaut

haben." Catherine lächelte weiter.

„Connor hat keine Kosten gescheut, um den bestmöglichen adaptiven Reitstall zu schaffen", fügte Hannah hinzu.

„Ja, das hat uns Mrs. Farraday hier", Mrs. Hampton wies nach links, „bereits erklärt. Mrs. Stewart hat Sie sehr gelobt. Aber die Probleme meines Sohnes sind ganz anders als die ihrer Enkelin."

„Therapie oder adaptives Reiten wirken bei einer Vielzahl von Menschen in den verschiedensten Situationen Wunder." Hannah schloss sich ihrer Cousine an und schenkte der Frau ein perfektes Lächeln.

„Ja, nun, gebrochene Knochen werden mit der Zeit heilen. Aber beim Rest der menschlichen Psyche ist das anders."

Hannah musste sich besonders anstrengen, um bei Mrs. Hamptons Worten nicht zusammenzuzucken. Mrs. Stewarts Enkelin hatte mehr als nur ein paar gebrochene Knochen. Sie war bei einem Autounfall schwer verletzt worden und musste die Koordination ihrer Muskelkraft und ihrer Sinnesschärfe wieder verbessern. Der Wille, sich zu bewegen, war da gewesen, aber ihr Geist und ihr Körper waren irgendwie falsch miteinander verbunden. Auch wenn ihre Knochen schon längst verheilt waren.

„Ich muss noch etwas Büroarbeit erledigen." Catharine trat einen Schritt zurück. „Wenn Sie mich entschuldigen würden, Mrs. Hampton, Hannah kann Ihnen alles zeigen, was Sie sehen möchten."

Die Frau in Freizeitkleidung, von der Hannah wusste, dass sie wahrscheinlich so viel wie ihr Monatsgehalt gekostet hatte, lächelte Catherine höflich zu und drehte sich zu Dale um. „Und Sie sind?"

„Ich bin hier, um zu helfen."

„Oh, ein Freiwilliger." Diesmal schenkte sie dem

Mann mehr Aufmerksamkeit und musterte ihn so beiläufig, dass die meisten Leute vielleicht nicht bemerkt hätten, was sie getan hatte. Was immer sie gesehen hatte, musste ihr gefallen haben, denn das Plastiklächeln der High Society, das sie aufgesetzt hatte, seit sie den Stall betreten hatte, erstrahlte voller Aufrichtigkeit.

„Ja, Ma'am." Dale erwiderte das Lächeln.

„Wollen wir uns die Arena ansehen?", fragte Hannah.

Mrs. Hampton nickte. „Ja, deshalb bin ich gekommen."

Hannah ging zwischen Mrs. Hampton und Dale voran. „Ich dachte, Sie bringen vielleicht Ihren Sohn mit."

„Habe ich."

„Oh." Hannah blinzelte schnell und sah sich um.

„Er wollte nicht aus dem Auto steigen." Die Stimme der Frau war rauer, aber Hannah erkannte darin hauptsächlich Frustration. „Ich werde es noch einmal versuchen, nachdem ich mich umgesehen habe. Oder noch besser", sie blieb stehen, um Dale anzusehen, „warum gehen Sie nicht und sehen nach, ob Sie meinen Sohn überreden können, sich uns anzuschließen? Er hat es wahrscheinlich satt, dass Frauen ihm sagen, was er zu tun hat."

„Ich…" Dale warf einen verstohlenen Blick in Hannahs Richtung. Eine stille Frage, was er tun sollte.

Es gefiel ihr nicht, aber es gab nicht viel, was sie jetzt sagen oder tun konnte, außer eine stille Andeutung eines Nickens anzubieten. Sie brauchte einen guten Bericht an Mrs. Stewart.

„Nun gut", fuhr Dale fort, „ich kann es auf jeden Fall versuchen. Wo haben Sie geparkt?"

Mrs. Hampton deutete hinter ihn. „Vor dem Bürogebäude."

Hannah folgte dem Finger der Frau und erwischte

dann Dale, der mit seinen Augen erneut ihre Zustimmung suchte. Sie nickte erneut und wartete einen kurzen Moment lang, während er sich umdrehte und mit einem leichten Hinken zügig zum Ausgang ging. An dem Abend, an dem sie sich kennengelernt hatten, hatte sie sein Bein und sein Unbehagen vergessen. Vielleicht sollte sie versuchen, ihren neuen *Freiwilligen* auch auf ein Pferd zu bekommen.

Dale war sich nicht sicher, was ihn erwarten würde. Sobald der Wagen in Sichtweite kam, begutachtete er die einsame Gestalt auf der Beifahrerseite. Gutaussehender junger Mann zwischen fünfzehn und zwanzig. Im Gegensatz zu einem Durchschnittsmenschen in diesem Alter fummelte er nicht am Radio herum oder klebte an seinem Handy. Er saß vollkommen still da, die Augen geradeaus gerichtet. Dale war sich nicht einmal sicher, ob er den Jungen blinzeln gesehen hatte. Als er dem Auto näherkam, bemerkte Dale, dass beide Fenster heruntergekurbelt waren. Gut, er musste sich keine Sorgen machen, den Teenager zu erschrecken, indem er an das Fenster klopfte.

„Schöner Tag, nicht wahr?" Wahrscheinlich hätte er sich etwas Originelleres einfallen lassen sollen, aber einfach funktionierte normalerweise am besten.

Der junge Mann drehte sich zu ihm um. „Ich möchte nach Hause."

Er war schon oft genug trotzigen Kindern gegenübergestanden, um zu erkennen, wann ein wirklich trotziges Kind vor ihm stand. Er wusste zu diesem Zeitpunkt auch, dass der Versuch, ihn aus dem Auto zu locken, vergebliche Mühe sein würde. „Wo ist zu Hause?"

Der Junge machte sich nicht die Mühe, ihn noch einmal anzusehen. Und er war definitiv noch ein Kind, egal was seine Mutter dachte. Dale würde auf siebzehn tippen. Vielleicht achtzehn, aber Dale würde ein Jahresgehalt darauf verwetten, dass der Junge jetzt nicht hier sitzen würde, wäre er volljährig. Also blieb Dale bei siebzehn.

Fast leise murmelte der Teenager „Midland".

„Da war ich noch nie. Hast du schon immer in Midland gelebt?"

Der Junge nickte. Keine Gesprächshilfe.

„Ich habe einmal mit einem Typen aus der Gegend zusammengearbeitet. Er behauptete, es gäbe eine Wüste mit Dünen so hoch wie in der Sahara."

Keine Reaktion.

Dale wartete einen kurzen Moment. „Er sagte, er stellte sich vor, in diesen Dünen zu sein, um das Camp erträglicher zu machen."

Wenn das Kind ein Hund wäre, hätte es seine Ohren gespitzt. Seine Schultern versteiften sich und sein Kinn hob sich. Dale wartete noch ein wenig länger und tatsächlich drehte sich der Junge zu ihm um. „Camp? Sind Sie beim Militär?"

„Nicht mehr."

„Aber Sie waren?"

„Marine."

Der widerspenstige Teenager richtete sich ein wenig in seinem Sitz auf und erwiderte zum ersten Mal seinen Blick.

Dale steckte seine Hand ins Fenster. „David Brubaker. Freut mich, dich kennenzulernen."

Der Art und Weise nach zu urteilen, wie der junge Mann auf seine Hand starrte, dachte Dale einen ernsthaften Moment lang, dass der Junge nicht antworten würde. Langsam hob er seine Hand und schüttelte sie. „Clark Hampton." Dale überlegte, was er als nächstes sagen sollte, als der Junge hinzufügte: „Danke, dass Sie gedient haben."

Dale nickte, erfreut, dass die Härte in Clarks Verhalten zu verschwinden schien, aber er war sich nicht sicher, womit er weitermachen sollte.

„Wie lange waren Sie bei den Marines?", fragte der Junge.

„Acht Jahre."

Clark sah auf Dales Arme und Beine und blickte ihm erneut in die Augen. „Warum sind Sie gegangen?"

„Es war an der Zeit." Einige seiner Kumpels waren noch da. Bereitwillig, manche sogar begierig darauf, ihre Zwanziger hineinzustecken, aber für ihn und D.J. war es an der Zeit gewesen zu gehen.

„Arbeiten Sie mit SEALs zusammen?" Clark konzentrierte sich weiterhin auf Dale.

Er nahm an, dass das eine gute Sache war. „Manchmal. Nicht oft. Ich war MP."

„Militärpolizist." Der Junge schien die Worte abzuwägen. Wieder einmal hatte Dale keine Ahnung, ob das gut oder schlecht war, aber sein gesunder Menschenverstand sagte ihm, dass es eine gute Sache sein musste, wenn er immer noch die Aufmerksamkeit des Teenagers hatte.

Schritte hinter Dale wurden lauter und Clarks Blick wanderte an ihm vorbei. Die Anspannung, die während ihrer kleinen Unterhaltung langsam nachgelassen hatte, erwachte wieder zum Leben.

Mrs. Hampton und Hannah näherten sich dem Auto in Paradeformation. Jedoch war die einzige Ähnlichkeit ihr Tempo und ihre Gangart. Hannah wirkte jung und lässig, und selbst unter dem Mantel der Verantwortung, funkelten ihre Augen voller Lebensfreude. Mrs. Hampton hingegen sah aus, als wäre sie aus einer Modezeitschrift gefallen. Gebügelte Hose, eine teure Bluse, kein Haar fehl am Platz, und ihre Lederstiefel mit schmalen Absätzen eigneten sich eher für einen Spaziergang auf der Fifth Avenue als für einen Aufenthalt auf einer Ranch in Texas.

„Ich denke, es wird reichen, wenn wir Clark das nächste Mal aus dem Auto holen können." Die Dame nickte Hannah zu und ging schnell um das Auto herum, ohne dabei einen Blick auf ihren Sohn zu werfen.

Hannah wartete, bis das Auto fast am Tor war, bevor sie sich zu Dale umdrehte. „Vielleicht werde ich mit ihr warm."

„Oder eisig." Er schüttelte den Kopf. „Das Kind wirkt trotzig und wütend, aber erreichbar. Ich weiß nicht, was die Entschuldigung der Mutter ist."

„Frustration. Ich hatte gehofft, zumindest ein paar Sekunden Zeit zu haben, um mit ihrem Sohn zu sprechen, aber sie war so schnell, dass ich mich nicht einmal vorstellen konnte."

„Wir hatten nicht wirklich viel Zeit, aber wenn ich ihn richtig einschätze, ist er vom Marine Corps beeindruckt."

Hannah verschränkte die Arme und legte den Kopf schief, als sie ihn ansah. „Weiß, wie man mit Pferden umgeht und jetzt auch noch mit rebellischen Teenagern. Welche anderen Überraschungen hast du für mich noch auf Lager?"

Wenn das keine Fangfrage war.

KAPITEL ZEHN

Der erschrockene Ausdruck auf Dales Gesicht war nicht das, was Hannah erwartet hatte.

„Ich denke, es ist zu früh, um zu wissen, ob ich mit Teenagern, Pferden oder irgendetwas anderem umgehen kann."

„Mit dem Jungen magst du Recht haben, aber für Pferde hast du definitiv ein Händchen." Hannah drehte sich zur Scheune um. „Lass uns alles einpacken und zum Haus gehen."

„Also, wann beginnt der Unterricht?" Dale hielt neben ihr Schritt.

„Montag."

„Du siehst nicht sehr glücklich darüber aus."

„Wir sind ziemlich fertig mit allem. Versicherungen und Genehmigungen sind in Ordnung. Ich muss noch an einer Freiwilligenliste und ein paar Kleinigkeiten arbeiten. Aber alles in allem können wir das schaffen."

„Ich weiß nicht, wie lange ich Hausarrest habe, aber solange ich hier bin, bin ich bereit zu helfen." Dale kicherte. „Das heißt, wenn deine Tante damit einverstanden ist."

Hannah erreichte die offenen Türen zur Weide, wo Maggie und ein paar andere Pferde über den eingezäunten Bereich stolzierten. Einen Großteil des Tages waren sie drinnen in ihren Ställen. Bald würden sie hart arbeiten und Kindern und Erwachsenen mit ihrem Leben helfen. Aber wann immer es möglich war, war es schön, sie einfach Pferde sein zu lassen.

„Das heißt", sagte sie klar und deutlich, „wenn du mehr über Pferde weißt als nur, wie man ihnen schmeichelt."

„Ich lerne schnell."

Sie verlagerte den Fokus von den Pferden auf den Mann zu ihrer Linken und verkniff sich ein Grinsen. Was würde sie nicht dafür geben, den Schlüssel zu finden, um diesen Mann zu öffnen und zu sehen, was ihn zum Ticken brachte. Warum war D.J. bereit, für einen Fremden ein Risiko einzugehen? „Ich wette, das tust du."

Erschrockene Augen, so groß wie Untertassen, blinzelten sie an.

Sie konnte nicht anders, als ihn anzulächeln. „Hat dir schon mal jemand gesagt, dass du hinreißend aussiehst, wenn du nervös bist?"

„Ich bin mir ziemlich sicher, dass weder die Worte nervös noch hinreißend oft in Bezug auf mich verwendet wurden." Dieses Mal wurde Dales erschrockener Blick durch ein strahlendes Lächeln ersetzt, das ihr den Verstand raubte.

Sie stand ein oder zwei Sekunden länger als nötig vollkommen still und nahm die Details seines Gesichts in sich auf. Die Fältchen in seinen Augenwinkeln, wenn er lächelte, das Grübchen auf seiner linken Wange, die goldenen Flecke in dem Meer aus Karamell. Ein Wiehern in der Ferne lenkte ihre Aufmerksamkeit zurück auf das eigentliche Geschäft. „Es war unglaublich, Maggie mit dir zu sehen."

Dale stellte seinen Fuß auf die unterste Sprosse des Zauns und stütze sich mit den Unterarmen auf der obersten ab und beobachtete die Pferde in der Ferne. „Ich habe nur mit ihr gesprochen."

„Nun, du musst fließend Pferdisch sprechen, denn

jeder andere fremde Mann, der versucht hätte, diese Box zu betreten, wäre höchstwahrscheinlich ins nächste County katapultiert worden."

„Das kann ich kaum glauben. Sie ist ein liebes Mädchen."

„Und woher weißt du das?" Hannah lehnte sich ebenfalls über den Zaun. Vielleicht würde er sich, so entspannt wie er jetzt war, noch mehr öffnen. „Hast du geflunkert? Bist du auf einer Pferderanch in Wyoming oder vielleicht im Bluegrass-County aufgewachsen?" Sie scherzte nur, aber wenn er eine der Möglichkeiten bejaht hätte, wäre sie überhaupt nicht überrascht gewesen.

„Nein. Großstadtjunge durch und durch. Army-Balg, um genauer zu sein."

„Richtig. New York und Philadelphia. Was siehst du als dein Zuhause an?"

„Keines davon." Er zuckte mit den Schultern. „Ich glaube, zuhause ist dort, wo ich meinen Hut aufhänge."

Trotz seines schmerzenden Rückens, trotz ihrer Angst wegen des Blutgerinnsels, verspürte sie erst jetzt zum ersten Mal, seit sie ihn gestern getroffen hatte, Mitleid mit ihm. Vielleicht war sie besser dran, wenn sie nicht mehr wusste. Sie hatte Glück, eine so starke und eng verbundene Familie zu haben. Zuhause hatte etwas ganz Besonderes an sich. So sehr sie es liebte, bei Tante Eileen und Onkel Sean zu sein, es war nicht wirklich ihr Zuhause. Und es schmerzte, daran zu denken, dass Dale keinen Ort hatte, den er so nennen konnte.

„Schau nicht so ernst." Mit lässig verschränkten Fingern drehte er sich um und blickte sie an. „Ich bin glücklich. König der Straße."

„Ah ja. Der stattliche König auf seinem mächtigen eisernen Ross, dem die Frauen zu Füßen liegen. Wie konnte ich vergessen?"

„Nachdem er sie vom Pferd geworfen hat." Eine Seite seines Mundes verzog sich zu einem schiefen Lächeln. Ein Lächeln, das sie wieder einmal fasziniert auf seine Gesichtszüge starren ließ. „Es tut mir wirklich leid."

„Das hast du schon gesagt. Entschuldigung bereits angenommen."

Er zuckte mit einer Schulter und die andere Seite seines Mundes hob sich zu einem gleichmäßigen Lächeln. „Willst du dir noch ein Pferd ansehen?"

Es dauerte ein paar Sekunden, bis er sich daran erinnerte, warum sie überhaupt zu Connor gekommen war. „Es wird spät. Ich habe nicht genug Zeit, sie auf Herz und Nieren zu prüfen."

Dale streckte seinen Hals und seine Schultern, und Hannah erinnerte sich an seinen schmerzenden Rücken.

„Aber bevor ich die Pferde reinbringe, würde es nicht schaden, dir ein paar Sachen zu zeigen."

„Verzeihung?" Dieser nervöse Ausdruck nahm wieder Dales Gesicht ein.

„Du hast mich gehört. Komm schon."

Es dauerte nicht lange, bis Dale vor Patience stand und den Kopf schüttelte. „Ich weiß nicht. Deine Tante könnte uns erwischen."

„Was sie nicht weiß, macht sie nicht heiß." Hannah sattelte Patience und führte sie zwischen die Aufstiegshilfen. „Genauso wie auf ein Motorrad zu steigen."

Dale griff nach dem Sattelhorn und stemmte sich mit einem leicht gedämpften Stöhnen hoch und hinüber. „Nicht ganz."

Sie führte ihn in die Arena und blieb am ersten Quadrat stehen. „Ich möchte, dass du dich aufwärmst. Strecke deine Arme aus und schwinge sie nach links und dann nach rechts." Sie führte ihn durch mehrere einfache Armbewegungen. „Fühlst du dich jetzt aufgewärmt?“

„Könnte man sagen.“ Er setzte wieder dieses schelmische Grinsen auf.

Hannah spürte, wie ihre Wangen warm wurden. „Lass uns anfangen. Patience‘ Gang ist lateral. Das ist gut gegen deine schmerzende Rückenmuskulatur.

„Es ist nicht mein Rücken, um den ich mir Sorgen mache.“ Funkelnde Augen voller Humor wandten sich von ihr ab.

Es war in ihrem besten Interesse, ihren Blick nicht zu seinem Hintern im Sattel schweifen zu lassen. „Ja, nun, ohne Fleiß kein Preis.“

„Haha.“ Er blickte sie nicht an, aber sie konnte trotzdem sehen, wie sein Lächeln sich ausbreitete.

Da sie es nicht übertreiben wollte, gingen sie nur ein paar Minuten umher, bevor sie ihn wieder in den Stall führte, damit er absteigen konnte.

„Das war nicht so schlimm, wie ich erwartet hatte.“

„Du wirst es morgen spüren, aber am Tag danach kannst du wieder reiten. Wir machen das, bis du abreist. Du wirst überrascht sein, wie viel besser sich deine Muskeln anfühlen werden.“

Dale sah nicht besonders überzeugt aus, aber so wie er half, den Sattel abzunehmen und Patience zu säubern, hatte sie das Gefühl, dass er sie nur ein wenig neckte.

Nachdem Patience für die Nacht wieder in ihrer Box untergebracht war, kletterte Hannah auf die unterste Sprosse des Weidezauns, hob die Hand an ihren Mund und pfiff laut nach Maggie.

Nicht weit entfernt hob das Pferd den Kopf, scharrte im Dreck und wandte sich ab.

„Faules Ding“, murmelte Hannah und ignorierte Dales Kichern. Mit beiden Händen an den Lippen ließ sie den Ruf nach dem Pferd erneut erklingen, verlagerte dann ihr Gewicht, um noch einmal zu pfeifen, und spürte, wie ihr Gleichgewicht nachgab. Mit wirbelnden Armen und einem lauten Kreischen bewegte sie ihre Beine, um Halt zu finden, nur um zum zweiten Mal innerhalb von zwei Tagen von starken Armen aufgefangen und gehalten zu werden.

„Bist du okay?" Dunkle, zusammengekniffene Augen voller Sorge bohrten in sie.

„Dank dir, ja." Ihre Worte trugen wenig dazu bei, seinen besorgten Blick zu lindern.

War es total lächerlich, dass sie den überwältigenden Drang verspürte, ihren Kopf an seine Schulter zu legen, ihre Arme um seinen Hals zu schlingen und sich in seine Arme zu schmiegen, bis, oh, bis wann auch immer? Sie musste sich bewusst davon abhalten zu schmollen, als ein Arm unter ihr weg glitt und ihre Beine den Boden berührten. Als sie fest auf ihren eigenen zwei Beinen stand, löste sich auch seine andere Hand und dieses strahlende Lächeln erschien wieder. „Wir sollten wirklich aufhören, uns auf diese Weise zu treffen."

Dale war dankbar, dass es so einfach war, mit Hannah zu reden. Während sie das Pferd fertig bürsteten, es wieder in die Box brachten und er jetzt mit ihr zurück auf die Farraday-Ranch fuhr, fragte er sie alles Mögliche, um nicht daran zu denken, wie gerne er sie weiter in seinen Armen gehalten hätte.

Selbst jetzt war der Drang, die Hand auszustrecken und die ihre zu ergreifen, so überraschend stark. Er hatte nicht mehr so für ein Mädchen empfunden, das er kaum kannte, seit er ein Teenager war, der in die erste Cheerleaderin verknallt war. „Wie alt warst du, als du das erste Mal auf einem Pferd gesessen bist?"

„Zu jung, um mich daran zu erinnern." Sie setzte ein süßes Grinsen auf, das ihm sagte, dass sie sich an mehr erinnerte, als sie bereit war, mit ihm zu teilen.

„Wann wusstest du, dass du Reittherapie machen willst?"

Das Auto kam zum Stehen. Hannah stellte den Motor ab und öffnete die Tür. „Ich weiß nicht genau, wann ich erkannt habe, dass ich mein Studium mit meiner Vorgeschichte mit Pferden vermischen könnte."

„Du warst also schon auf dem College?" Dale stieg aus dem Auto.

„Oh ja, sicher."

Die Haustür flog auf und ihre Tante füllte den Türrahmen aus. „Ich bin mir sicher, das ist nicht das, was Brooks mit *langsam machen* gemeint hat."

Hannah zuckte mit den Schultern. „Ich bin kein Arzt. Aber selbst ich weiß, dass Menschen Blutgerinnsel bekommen, wenn sie nur liegen."

„Ich bin auch kein Arzt, und ich weiß, dass Menschen Gerinnsel bekommen, wenn sie sich bewegen."

Dale wagte es nicht, sich zwischen die Fronten zu stellen, selbst wenn es um ihn ging. Eine Sache, die er schon früh im Leben gelernt hatte, war, wann er die Stellung halten und wann er in Deckung gehen sollte. Im Moment schien es am sichersten zu sein, zum nächsten Liegestuhl zu sprinten und es ruhig angehen zu lassen, so wie die Frau es wollte.

Tante Eileen führte ihn in das andere Zimmer. „Komm rein und mach es dir gemütlich. Brooks wird bald hier sein und D.J. wird ebenfalls bald auftauchen."

„Zweimal an einem Tag ist für Brooks oft, hier rauszukommen." Hannah nahm das Kissen aus dem Sessel und warf es auf das Sofa. „Was kann er, was wir nicht können?"

Tante Eileen stand die Fäuste in die Hüften gestemmt neben dem Stuhl und wartete offensichtlich darauf, dass Dale es sich bequem machte, während sie auf ihre Nichte hinabstarrte. „Blutgerinnsel sind eine ernste Angelegenheit. Deshalb", sie drehte sich zu Dale um, „setzt du dich, bis Brooks kommt."

„Ja, Ma'am." Dale hätte fast salutiert, bevor er sich in den nahegelegenen Liegestuhl fallen ließ.

„Gut. Möchtest du etwas zu trinken?"

„Nein, Ma'am. Vielen Dank."

„In Ordnung, ich habe noch ein bisschen Arbeit in der Küche. Ich habe gerade ein paar Kürbiskuchen aus dem Ofen geholt."

Hannah schnupperte in der Luft. „Kommt Meg?"

„Woher weißt du das?", fragte Tante Eileen.

„Ernsthaft? Sogar ich weiß, dass Kürbis Megs Lieblingskuchen ist. Das ist der einzige Grund, den ich mir vorstellen kann, warum du außerhalb der Saison einen Kürbiskuchen backen würdest."

Tante Eileen lächelte ihre Nichte an, tätschelte ihre Wange mit einer Hand und küsste sie auf die andere Wange. „Du warst schon immer ein kluges Kind."

„Brauchst du Hilfe in der Küche?"

„Nein. Achte nur darauf, dass dieser Kerl an Ort und Stelle bleibt."

Hannah nahm auf dem Sofa neben ihm Platz. Dale zog es vor, zu warten, bis die Tante außer Sichtweite war. „Sie ist wirklich ein Unikat."

„Oh ja. Und wenn sie und meine Mutter zusammenkommen, möge uns allen der Himmel beistehen."

„Wirklich? So sehr gleichen sie sich?"

„Wie ein verrücktes Ei dem anderen."

Er nahm sich eine Minute Zeit, um darüber nachzudenken. Die Frau war fürsorglich, vielleicht etwas überfürsorglich, vielleicht aber auch nicht. Liebevoll, freundlich und ein wenig herrisch, aber offensichtlich aus Liebe. All diese Eigenschaften sagten viel über Tante Eileen aus, aber verrückt hatte er bis jetzt noch nicht erkennen können. „Wie verrückt?"

„Nun", Hannah stieß ein kleines Schnauben aus, „vielleicht ist verrückt nicht ganz das richtige Wort. Vielleicht ist albern besser. Sie fangen ohne Grund zu singen an. Man will im Supermarkt nicht hinter ihnen stehen, wenn ein Lied im Radio kommt, das sie mögen. Sie fangen mitten im Gang zu tanzen an und es ist so peinlich, dass man sich hinter den Auslagen verstecken will."

Dale lachte darüber. Bisher hatte er sich Tante Eileen eher als Drill Sergeant denn als Chormädchen vorgestellt.

„Sie erzählen Witze, die sonst niemand versteht, und werfen mit alten Filmzitaten um sich."

„Das wirkt ziemlich harmlos."

„Im Wohnzimmer natürlich, aber in Restaurants, Lebensmittelgeschäften und anderen Orten, wo Kellnerinnen und Kassiererinnen versuchen, ihre Arbeit zu erledigen, kann es sehr irritierend sein, wenn sie Wort für Wort Szenen von Filmdialogen rezitieren. Was auch immer du tust, bitte sie niemals, die *Welche Hose soll ich anziehen*-Szene aus *Mein Fetter Vinny* nachzuspielen.

Ein weiteres Lachen kam tief aus seiner Brust. Wenigstens hatte Tante Eileen einen guten Geschmack. Die Frau klang wie ein Feuerwerkskörper. Das gefiel ihm – sehr.

„Und wenn sie mit all ihren Freundinnen zusammenkommt, sollte man besser die Gewehre verstecken."

Okay, das klang ernster, nahezu gefährlich, aber bevor Dale weiter nachfragen konnte, knarzte die Haustür.

„Schön zu sehen, dass du immer noch bei uns bist." Brooks kam herein.

„Gesund und munter", bestätigte er.

Die Tür stand immer noch offen und Meg und Adam traten über die Schwelle. Die Rothaarige hatte es kaum ins Haus geschafft, als sie wie ein Bluthund, der einer Fährte folgt, mit der Nase in der Luft schnupperte. „Oh, sag mir bitte, das ist Tante Eileens berühmter Kürbiskuchen, den ich rieche."

„Zwei sogar." Hannah grinste.

Adam drehte sich um, um die Tür zu schließen, und blieb auf halbem Weg stehen. „Wie ich sehe, ist Declan auch gerade angekommen."

„Sieht so aus, als würden wir ein volles Haus haben." Die schwangere Frau legte ihre Hände auf ihren runden Bauch.

Stiefelabsätze klapperten die Holzstufen hinunter. Die erste Person, die aus dem zweiten Stock kam, war der Familienpatriarch. Bis D.J. das Haus betrat, war auch der jüngste Bruder, Finn, die Treppe heruntergekommen. Brooks' Frau machte keine Witze. Mit allen Geschwistern und Hausgästen und Ehefrauen und Cousins war diese Familie so groß, um eine ganze Kirche zu füllen. Irgendwie ironisch. Schließlich boten auch Kirchen Zuflucht.

KAPITEL ELF

D.J. hatte auf weniger Publikum gehofft, als er sich mit Dale zusammensetze. Da er in Dallas keine Alarmglocken auslösen wollte, hatte er darauf verzichtet, die Angelegenheit selbst zu überprüfen. Aber er hatte im Krankenhaus angerufen, um sich nach seinem Freund zu erkundigen, so wie er es in den letzten Wochen alle paar Tage getan hatte. Sobald er darüber informiert worden war, dass Officer Dale Johnson gestorben war, verstand D.J. besser, was vor sich ging. Was er jetzt herausfinden musste, war, ob seine Familie in Gefahr war, wenn sie Dale hierbehielten.

„Wo ist Becky?", fragte Hannah.

„Meine Frau und ihre Großmutter helfen Kelly bei der Herstellung neuer Sofabezüge. Obwohl ich ein wenig besorgt bin, ob sie viel Fortschritt machen werden."

Meg schlich sich zu ihrem Schwager und küsste ihn auf die Wange. „Wie kommst du darauf?"

„Es könnte etwas mit den zwei Flaschen Weißwein und der Charge von Tonis Chardonnay-Törtchen zu tun haben." D.J. lächelte.

Alle Köpfe drehten sich zu Toni um. Sie tätschelte ihren Bauch, grinste breit und hob ihre Hände in einem lässigen Achselzucken. „Hey, ich musste doch etwas tun, um diesen Sofabezug-Abend interessant zu machen."

Meg gab ihrer Schwägerin ein High-Five und sagte: „Wenn ich auch nur die geringste Ahnung gehabt hätte, welches Ende einer Nähmaschine vorne ist, wäre ich jetzt auch dort, um ihnen bei den Törtchen zu helfen."

„Die Dinger sind wirklich beliebt." Brooks sah zu seiner Frau. „Wenn du jemals auf die Idee kommst, um ein Törtchengeschäft zu eröffnen, könnte ich wahrscheinlich in Rente gehen."

Toni tätschelte leicht den Arm ihres Mannes. „Träum weiter, Süßer. Träum weiter."

„Ich könnte gerade einen ganzen Elefanten verspeisen." Sean Farraday blickte an seinen Söhnen und ihren Frauen vorbei zu Tante Eileen, die den Raum betrat.

„Ich auch", grinste Hannah.

Der Familienpatriarch blickte Tante Eileen an. „Was auch immer du kochst, es riecht köstlich."

Tante Eileen verdrehte die Augen, als sie ihren Schwager ansah. „Nach einem langen Tag wie heute würdest du das sicher auch sagen, wenn ich Schuhsohlen und Schnürsenkel braten würde."

„Das liegt nur daran", lächelte Sean, „dass deine Kochkünste so gut sind, dass sogar Schuhsohlen und Schnürsenkel köstlich wären."

„Schleimer!", brüllten zwei der Brüder.

D.J. schlug seinem Vater auf die Schulter. „Was hast du kaputt gemacht?"

„Nein", Adam schüttelte den Kopf, „ich vermute, er hat etwas gekauft."

„Gott, ich hoffe, es sind neue Stiefel." Tante Eileen winkte ab. „Man kann ein Paar Stiefel nicht auf ewig neu besohlen."

Sean Farraday schüttelte den Kopf über seine Söhne. „Dieser Haufen hat keine Ahnung. Ich habe nichts kaputt gemacht. Ich habe nichts gekauft. Und eure Tante ist eine großartige Köchin, und das wisst ihr alle.“

Mehrere Köpfe im Raum nickten der Frau zu, die jetzt von einem Ohr zum anderen lächelte.

„Und ich glaube“, Sean zeigte von Sohn zu Sohn, „dass ich jedem einzelnen von euch beigebracht habe, einem Mann oder einer Frau Ehre zu erweisen, wo Ehre gebührt, und Lob, wenn es gerechtfertigt ist.“

Sein Vater hatte recht, sie alle schätzten ihre Tante und was sie für sie getan hatte, und niemand in dieser Familie nahm ein Blatt vor den Mund. Deshalb war der Detective in D.J. ein wenig überrascht über Strenge der Rüge seines Vaters. Andererseits hatte der Mann nach zwölf Stunden Arbeit auf der Ranch das Recht, ein wenig mürrisch zu sein.

„Nun“, Tante Eileen stieß einen leichten Atemzug aus, „das Abendessen dauert heute Abend etwas länger. Ich denke, wir werden bald einen neuen Ofen brauchen. Auf dem Knopf steht hundertachtzig, aber ich habe mit einem Thermometer nahgeprüft, und es sind fünfzehn Grad weniger. Ihr könnt genauso gut einen Drink nehmen. Es wird ein bisschen länger dauern.“ Sie drehte sich zu D.J. um. „Und ich hätte gerne ein paar Minuten mit dir, wenn du die Möglichkeit hast.“

D.J. schluckte und nickte. Er wusste, was sie von ihm wollte, aber der Grund, warum Dale so verschwiegen war, musste noch offenbart werden. D.J. konnte seiner Tante nicht sagen, was er nicht wusste. Um die Zeit bis zum Abendessen zu nutzen, wandte er sich an seinen Freund. „Warum machen wir es uns nicht mit einem kühlen Blonden auf der Veranda gemütlich?“

„Er kann mit dir auf die Veranda gehen“, Brooks stand auf, „aber kein kühles Blondes.“

Tante Eileen wandte sich an Dale. „Wie klingt eine frische Erdbeerlimonade?“

Dales Gesicht hellte sich auf, als hätte sie ihm die Gewinnzahlen beim Lotto verraten. „Wie der Himmel auf Erden, Ma'am."

Adam folgte Dale zur Hintertür hinaus. Brooks blieb neben seiner Frau sitzen. Der Kerl war zwar Arzt, aber wenn es um Toni und ihre Schwangerschaft ging, verhielt sich Brooks eher wie eine Glucke. Sein Vater und Finn flüchteten für ein paar Minuten ins Büro. Jeglicher Papierkram, der vor dem Abendessen erledigt wurde, bedeutete eine Sache weniger, die vor dem Schlafengehen gemacht werden musste.

„Oh Gott, diese Limonade ist nicht von dieser Welt." Dale leckte sich praktisch die Lippen.

„Dad hat nicht gescherzt", meldete sich Adam zu Wort. „Tante Eileen ist wirklich großartig in der Küche. Sie ist wahrscheinlich die beste Köchin im County. Ihre Marmeladen und Torten gewinnen auf dem Jahrmarkt immer sämtliche Preise."

„Ich werde dafür sorgen, dass etwas Platz für den Kürbiskuchen bleibt, den sie gebacken hat."

Aus der Art, wie Dale ihn über den Rand seines Glases hinweg ansah, erkannte D.J., dass sein Freund wusste, dass er nach einer Chance suchte, allein mit ihm zu sprechen. Dale nahm einen weiteren Schluck und suchte den Horizont von links nach rechts ab. „Das ist viel Land."

„Über hunderttausend Morgen, bevor wir einen Teil des Brennan-Landes gekauft haben", sagte Adam.

Dale richtete seine Aufmerksamkeit auf die Scheunen. „Sind die für Kühe oder Pferde?"

D.J. unterdrückte ein Lachen. „Manchmal müssen wir ein Kalb oder eine zum ersten Mal trächtige Färse unterbringen. Aber normalerweise halten wir nur Pferde im Stall."

„Ich würde mir das gerne ansehen. Führst du mich herum?"

Und das war der Grund, warum D.J. es liebte, mit Dale zusammenzuarbeiten. Dieser Kerl konnte jedem noch so kleinen Hinweis folgen. „Klar, wir haben noch ein bisschen Zeit.“

Erst als sie die Scheune betreten hatten, sprach Dale. „Ich weiß zu schätzen, was du getan hast. Aber ich bin mir nicht sicher, ob das so eine großartige Idee war.“

„Das werde ich gleich herausfinden.“

Dale nickte und ging weiter hinein. An der ersten Box blieb er stehen, um ein Pferd, dessen Kopf über der Tür hing, am Kinn zu kraulen.

„Ich habe heute im Krankenhaus angerufen“, sagte D.J.. „Dale Johnson ist vor zwei Tagen verstorben.“

Dale blieb stumm, kratzte mit einer Hand weiter das Kinn des Pferdes und streichelte mit der anderen seinen Hals. „Wen hast du noch angerufen?“, fragte er schließlich.

„Niemand. Es war eine Sache, mich im Krankenhaus zu erkundigen, da ich das die ganze Zeit getan habe. Aber es ist etwas anderes, jeden Stein umzudrehen. Man weiß nie, welche –“

„– Schlange sich darunter versteckt und dich beißt.“ Das war ein Ausdruck, den sie oft benutzt hatten, als sie noch Partner beim Dallas PD waren.

„Ich denke, ein paar Dinge kann ich mir selbst zusammenreimen.“

Dale drehte sich zur Seite, um D.J. anzusehen, kraulte aber weiter das Kinn des Pferdes.

„Das mit dem falschen Namen versteht jeder Idiot. Wenn Dale tot ist, wäre es nicht gut, wenn Leute berichten, dass sie nach der Beerdigung mit ihm gesprochen haben.“

„Es gibt keine Beerdigung. Mom flog nach Hause, als ich von der Intensivstation in ein normales Zimmer verlegt wurde. Was die Leute in Dallas angeht, wurde Dale Johnsons Leichnam nach Hause zu seiner Familie geschickt.“

„Und du bist sicher, dass niemand nachforscht, ob deine Familie eine Leiche begräbt?"

„Sehr sicher."

Irgendetwas an der Art, wie Dale das sagte, kam D.J. seltsam vor. Sie wussten beide, dass sich in diesem Geschäft niemand absolut sicher sein konnte. „Was ist mir entgangen?"

Dales Hand löste sich vom Pferd. Er stieß einen tiefen Seufzer aus und drehte sich zu D.J. um. „Peter Mackinaw mochte keine Menschen. Du kennst die Sorte. Jemand, den das ganze Kämpfen verändert, den bald darauf die Frau verlässt, den die Eltern nicht verstehen und den Wut und Schmerz wie ein Krebsgeschwür zerfressen."

D.J. wusste verdammt gut, wovon er sprach.

„Ich hatte das Bett am Fenster, Pete hatte das Bett an der Tür. Manchmal schlurfte er zum Fenster und starrte stundenlang hinaus. Ich bot dem Krankenhaus an, die Betten für uns zu tauschen, aber er sagte immer nein. Bis neulich Nacht. Es war spät und er stand so lange da und starrte aus dem Fenster ins Nichts, dass ich erwartete, er würde vor Erschöpfung einfach umfallen. Als ich dieses Mal sagte, *Hey Mann, warum schläfst du nicht hier und ich nehme das andere Bett*, antwortete er nicht. Er drehte sich nur um, ging zu meinem Bett und setzte sich hin, bevor ich ganz herausklettern konnte."

Dale hatte diesen abwesenden Blick in seinen Augen, der D.J. sagte, dass sein Freund zweifellos an einen sehr unangenehmen Ort weggedriftet war. Ob er an Peter dachte oder an den Mord mit Selbstmord, zu dem er Wochen vor dem Unfall gerufen worden war oder an den Unfall selbst, konnte D.J. nicht sagen. Aber er verstand es trotzdem.

„Ich hatte ein paar Medikamente gegen die Schmerzen genommen und bin schnell eingeschlafen.

Ich hatte einen verrückten Traum. Als ich mich umdrehte und meine Augen öffnete, sah ich eine große Gestalt, die etwas in Peters Infusionsbeutel injizierte. Dann schlenderte der dunkle Schatten, wie der Sensenmann, lässig aus dem Raum und schloss die Tür hinter sich. Ich war mir sicher, dass es ein Zeichen war. Dass meine Tage gezählt waren, da Peter eigentlich in meinem Bett lag. Plötzlich fingen Maschinen an zu piepen. Ein Alarm ging los, Schwestern und Ärzte rannten durch den Raum. Erst als ich um sechs Uhr morgens mit einem leeren Bett neben mir aufwachte, wurde mir klar, dass es kein Traum war."

„Verdammt, Mann. Das tut mir so leid", sagte D.J.. „Glaubst du, das war für dich bestimmt?"

„Ich weiß, dass es das war. Ich hatte keinen Liebeskummer wegen einer Trennung. Ungeachtet dessen, was du oder andere vielleicht gedacht haben, konnte ich immer noch mein Leben von meiner Arbeit trennen. Auch wenn es mir eines Tages den Rest geben könnte, hat es das noch nicht." Dale stieß sich von der Box weg und trat ein paar Schritte näher an D.J. heran. „Ich bin nicht von der Straße abgekommen. Ich wurde von der Straße abgedrängt."

„Du scheinst heute Abend erschreckend still zu sein." Tante Eileen reichte Hannah eine weitere Tomate zum Schneiden. „Etwas, worüber du reden möchtest?"

„Ich denke nur an einen neuen Schüler."

„Für das neue Reitprogramm?"

„Ja. Sieht so aus, als hätten wir ab Montag geöffnet."

Tante Eileen wischte sich die Hände an einem Spüllappen ab. „Aber ich dachte, es gibt eine lange Warteliste?"

„Ja, für die subventionierten Sitzungen. Dafür arbeiten wir immer noch an der Finanzierung. Aber ich habe einen zahlenden Patienten, der am Montag anfängt. Auf den offiziellen Start in zwei Wochen wollte seine Mutter nicht warten. Und nachdem ich seine Geschichte gehört habe, kann ich es ihr nicht verübeln.“

„Ein kleiner Junge?“

„Teenager. Senior in der High School. Viel mehr kann ich noch nicht sagen.“

Tante Eileen nickte. Sie wusste besser als jede andere, dass das Leben nicht immer fair war. „Lass mich den Salat fertig machen. Du sagst den Männern auf der Veranda, dass es Zeit fürs Abendessen ist.“

„D.J. und Dale sind in der Scheune. Ich habe bemerkt, dass sie vor einer Weile weggegangen sind.“ Sie wollte ihrer Tante nicht sagen, dass sie die beiden aufmerksam beobachtet und durchs Fenster nach ihrer Rückkehr Ausschau gehalten hatte. Sie waren bereits lange genug weg gewesen, dass Finn sich zu Adam auf die Veranda gesellt hatte. „Ich kann zu ihnen gehen und es ihnen sagen.“

Ihre Tante brach in ein breites Grinsen aus. „Mach das, Süße.“ Hannah war schon halb aus der Tür, als ihre Tante mit einem noch breiteren Grinsen über ihre Schulter rief. „Und lass mich wissen, wenn du diesen Hund irgendwo siehst.“

Sie konnte ihrer Tante nicht böse sein, selbst sie hatte nach einem Hund Ausschau gehalten, als sie Dale zum ersten Mal begegnet war. Es schien, dass die ganze Stadt es vom Auftauchen eines streunenden Hundes abhängig machte, ob eine weitere Farraday ihren Partner finden würde. Wie absurd war das? Aber sie musste zugeben, dass es eine großartige Geschichte abgab, die man seinen Enkel erzählen konnte.

Auf der Veranda blickte sie zur Scheune und

zurück zu ihren Cousins. „Tante Eileen stellt das Abendessen auf den Tisch. Sie will, dass ihr alle reinkommt. Ich gehe zur Scheune und hole D.J. und Dale ab.“

Zu weit entfernt, um die Worte zu verstehen, war sie jedoch schon nahe genug an die Scheune herangetreten, um das leise Grollen der Männerstimmen zu hören und den ernsten Ton der Unterhaltung zu erkennen. Neugierde ließ sie grübeln, worüber zwei Fremde so ernsthaft diskutieren konnten. Sie sollte sich um ihre eigenen Angelegenheiten kümmern, wenn es um diesen besonderen Fremden ging. Hausgast hin oder her, Händchen für Pferde oder nicht, sein Leben ging sie nichts an. Noch ein paar Tage und er würde sich wieder auf den Weg machen. Daran sollte sie sich am besten immer wieder erinnern. Ob es ihr gefiel oder nicht. Außer …

KAPITEL ZWÖLF

„Warum zum Teufel hat man dich von der Straße gedrängt?" D.J. starrte Dale an, als ob er eine Antwort von ihm erwartete.

„Das kann ich dir nicht sagen. Je weniger du weißt –"

„Hör auf mit diesem Scheiß. Ich bin es. Wir hielten uns schon lange vor Dallas im Einsatz den Rücken frei. Ich werde auch jetzt hinter dir stehen, aber du musst mir sagen, womit ich es zu tun habe."

„Auch wenn es nicht meine erste Wahl war, mich hier zu verstecken, für ein paar Tage sollte alles gut sein. Ich habe das Bike mit einem vollen Tank von einem Typen aus der Zeitung gekauft. Ich habe mich auf Nebenstraßen aus Dallas herausgearbeitet. Straßenkameras und Mautstraßen vermieden."

„Deshalb hattest du so starke Schmerzen, als du hier angekommen bist. Du musst doppelt so lange gebraucht haben, um, ohne von einer Verkehrskamera gefilmt zu werden, auf den Freeway zu gelangen."

Dale nickte. Sie wussten beide, wie leicht es war, gefunden zu werden, selbst wenn man sein Möglichstes tat, um sich zu verstecken. Aber er hatte den Grundstock gelegt. Er hatte dank seines Captains, der einzigen anderen Person, die neben der Staatsanwaltschaft die Wahrheit kannte, ein ordentliches Bündel Bargeld in der Tasche.

„Von wie lange reden wir?", fragte D.J..

„Nicht zu lange, hoffe ich." Er überlegte einen Moment, wie gerne er bleiben wollte, aber D.J. hatte recht. Sie waren zu lange und an zu vielen Orten Partner gewesen, um ihn allein im Regen stehen zu lassen. „Die Staatsanwaltschaft zieht gerade den Fall auf. Wenn es so weit ist, werde ich zurückkommen, um auszusagen. Dann ist es vorbei."

„Ihr zwei seht furchtbar ernst aus für ein paar Kerle, die draußen mit den Pferden spielen." Hannah betrat die Scheune. So wie die untergehende Sonne auf ihren Rücken schien, sah sie wirklich wie ein Engel aus.

„Er ist ein Red-Sox-Fan." D.J. machte ein finsteres Gesicht und zeigte mit einem Daumen über die Schulter auf Dale. „Genug gesagt." Ohne sich umzusehen, ließ D.J. die beiden immer noch wie angewurzelt zurück.

Hannah blickte stirnrunzelnd dem Rücken ihres Cousins nach und legte den Kopf schief, um zu Dale aufzublicken. „Ich dachte nicht, dass er sich so sehr für Baseball interessiert."

„Wer hätte das gedacht?" Dale zuckte lässig – das hoffte er zumindest – mit den Schultern. Die Wahrheit war, dass er wirklich ein Red-Sox-Fan war, auch wenn er nie in der Nähe von Boston gelebt hatte. „Was ist mit dir? Magst du Sport?"

Beide machten sich auf den Weg zum Haus. „Wenn du mich fragst, ob ich ein Red-Sox-Fan bin, lautet die Antwort nein. Go Rangers!"

„Magst du Baseball?"

„Saisonkarten für die Frisco Rough Riders. Obwohl ich glaube, dass das jetzt, wo ich hier draußen lebe, keinen Sinn mehr macht."

„Saisonkarten?" Dale versuchte, sie nicht anzustarren. Eine Frau, die Baseball so sehr liebte, um Dauerkarten zu besitzen, und genau diese Frau musste

D.J.s kleine Cousine sein, und das auch noch in einer Zeit in seinem Leben, in der es keine Option war, in der Nähe zu bleiben.

„Mrs. Stewart, eine wichtige Spenderin des Pferdetherapiezentrums, in dem ich früher gearbeitet habe, hat Dauerkarten für die besten Sitze für die Texas Rangers. Ihre Familie besitzt sie schon seit dem alten Stadion. Zweite Reihe hinter dem Ranger-Dugout.“

Dale pfiff.

„Ich weiß. Mrs. Stewart musste letzten Herbst die Gastgeberin einer großen Wohltätigkeitsgala vertreten. Ihre Enkelin hatte eine Reitstunde, als sie den Anruf erhielt. Ich muss in unseren Gesprächen erwähnt haben, dass ich Baseball mag, weil sie mir vier Tickets für das Spiel am Freitagabend angeboten hat. Meine Brüder Jamie und Ian und meine Cousine Grace sind mit mir hingegangen.“ Sie kicherte tief in ihrer Brust. „Seitdem will ich nirgends anders mehr sitzen.“

„Das glaube ich gerne.“ Wenn sie lachte, sah sie so süß aus, so schön. Und so jung. Er wusste, dass er schneller zum Haus gehen sollte, zog es aber vor, im langsameren West-Texas-Tempo zu schlendern. Er genoss diese Gelegenheit, Zeit allein mit Hannah zu verbringen. „Also, wer ist dein Lieblingsspieler?“

„Allzeit Lieblings-Ranger? Keine Frage, Pudge Rodriguez.“

„Und gerade?“

Ihre Augen funkelten amüsiert. „Beltre. Der Mann scheint so viel Spaß zu haben, wenn er Baseball spielt. Er albert immer mit allen Spielern herum und neckt sie.“ Sie trat gegen einen Stein auf dem Weg. „Hör zu, ich wollte dich etwas fragen.“

Er wappnete sich. „Okay?“

„Heute, als Mrs. Hampton dich zu Clark rausgeschickt hat.“

Dale nickte und wappnete sich für das, was als

Nächstes kommen könnte.

„Normalerweise bin ich gerne die Erste, die sich an einen neuen Schüler wendet. Um eine Verbindung aufzubauen. Und ihn einzuschätzen. Aber angesichts dessen, wie wichtig es war, einen guten Eindruck auf sie zu machen, insbesondere wenn ich möchte, dass ihre Freundin Mrs. Stewart uns bei diesem neuen Programm hilft, habe ich nichts gesagt."

„Es tut mir leid. Ich wollte keine –"

„Nein", unterbrach sie ihn, „es war nicht deine Schuld. Und ehrlich gesagt war ich ein wenig überrascht zu sehen, wie gut du dich mit ihm verstanden hast. Das möchte ich vielleicht zu meinem Vorteil nutzen."

„Was hast du im Sinn?"

„Unsere erste Sitzung wird am Montagmorgen sein. Es gibt immer einen Freiwilligen während des Unterrichts, der in der Nähe steht, falls der Schüler Hilfe braucht oder falls das Pferd geführt werden muss."

Dale nickte erneut, war sich aber nicht sicher, ob ihm ihre nächste Ankündigung gefallen würde.

„Grace ist in Houston auf einem Fundraising-PR-Trip und Catherine hat panische Angst vor Pferden. Ich hatte gehofft", sie sah gen Himmel, als würde sie nach etwas suchen, bevor sie zu ihm zurückblickte und ihn mit ihrem Blick durchbohrte, „dass du eventuell als Freiwilliger bei Clark einspringen möchtest."

Im Moment gab es nichts, was er lieber täte, als einzuspringen und Hannah bei allem zu helfen, was sie verlangte. Aber in ein paar Tagen sollte er von Brooks das Okay bekommen, auf Tabletten umzusteigen und weiterzureisen. Länger als nötig zu bleiben, wäre keine kluge Idee. Und er war definitiv ein kluger Polizist. Aber er war auch ein Mann, der ein Kind in Schwierigkeiten erkannte. Ein Mann der keine Jungfer in Nöten zurückweisen konnte. Und manchmal sein eigener schlimmster Feind. „Sicher, ich helfe gerne.“

„Auf geht's.“ Eileen stellte zwei Schüsseln mit frischer Schlagsahne neben die Kürbiskuchen, die sie heute gebacken hatte.

Während sie das erste Stück abschnitt und es ihrem Gast reichte, nahm D.J. die Schüssel und schaufelte einen großen Klecks auf Dales Kuchenstück. „Das musst du probieren. Von Hand geschlagen aus frischer Sahne vom Bauernhof.“

Dale griff nach seiner Gabel. „Ich hatte schon immer ein Faible für Schlagsahne.“

„Das weiß doch jeder.“ D.J. schüttelte den Kopf und stellte die Schüssel wieder an ihren Platz.

Da war er wieder. Dieser seltsame Hauch von Vertrautheit. Mehr als einmal hatte Eileen geglaubt, eine stille Kommunikation zu bemerken, die sie normalerweise nur von Verheirateten kannte. Sie verstand zwar nicht, woher diese Antworten kamen, aber sie war sich verdammt sicher, dass die beiden nie verheiratet gewesen waren. Ihren Neffen vor dem Servieren des Abendessens in die Enge zu treiben, hatte nicht gerade dazu beigetragen, ihre Neugier zu dämpfen. Wenn der Mann Geheimnisse hatte, wusste er sie zu bewahren.

„Oh.“ Mit geschlossenen Augen stöhnte Toni und alle Köpfe im Raum fuhren herum. „Das ist so gut“, murmelte sie. Als ihr klar wurde, dass sie das Objekt aller Aufmerksamkeit war, verdrehte sie die Augen. „Der Kuchen, Leute. Der Kuchen.“

„Ich nehme bitte noch ein Stück.“ Hannah reichte ihren Teller weiter.

Eileen würde für den Stoffwechsel ihrer Nichte töten.

„Also", Dale deutete mit seinem Kinn auf Toni. „Wann ist der Termin?"

„Schon drüber. Es könnte jetzt jeden Tag so weit sein."

„Oh." Er sah von ihr zu Brooks und zurück. „Ich schätze, er oder sie hat es nicht eilig."

„Das erste lässt sich immer Zeit." Brooks tätschelte die Hand seiner Frau. „Sie kommen, wenn sie bereit sind, nicht wenn wir es ihnen sagen."

„Ich bin bereit." Toni stach nach einem weiteren Bissen Kuchen. „Hoffentlich zählt das auch."

Es tat Eileens Herz gut, all ihre Jungs so glücklich zu sehen. Sogar Grace, das Baby, hatte ihren perfekten Partner gefunden. Sie wünschte sich nur, dass die Kuppelhunde auch Hannah jemanden bringen würden, der nett war. Nicht, dass es eilte, ihre Nichte zu verheiraten. Mit fast sechsundzwanzig war Hannah die jüngste aller Farradays, einschließlich aller Cousins, aber das bedeutete nicht, dass sie nicht jemand Besonderen in ihrem Leben haben durfte. Jeder hatte es verdient, seine Welt mit jemandem zu teilen.

Eileen sah zu jedem der jungen Paare am Tisch, dann hinüber zu ihrem Schwager, bevor sie sanft auf den Brief in ihrer Tasche klopfte. Jeder hatte jemanden verdient.

KAPITEL DREIZEHN

Sonntag war Hannahs liebster Wochentag. Der eine Tag, an dem alle Familienmitglieder nach der Kirche zum Essen zusammenkamen und gelegentlich ein oder zwei zusätzliche Freunde mitnahmen. Da sie in den letzten Jahren die Einzige war, die zu Hause in Hill Country geblieben war, liebte sie es wirklich, so viele Menschen um sich zu haben. Normalerweise hätte es an diesem Sonntag Mittagessen auf dem Kirchenfest gegeben. Darauf hatte sie sich sehr gefreut. Aber unter den gegebenen Umständen, dass Dale auf der Ranch war und nicht gesehen werden sollte und der Scharade für den Ladys Club gestern, wurde entschieden, dass sie bei ihrem Gast zu Hause bleiben würde, bis die Großfamilie am späten Nachmittag zurück auf die Ranch kam.

„Du hättest wirklich mit den anderen in die Kirche gehen können. Ich brauche keine Babysitterin." Dale trocknete das restliche Geschirr ab.

„Es ist genauso wie gestern. Es hat nichts damit zu tun, dass du eine Babysitterin brauchst, sondern damit, den Schein zu wahren. Was die Leute in der Stadt betrifft, werde ich mich heute weiter ausruhen, damit ich morgen wieder gesund und munter für die Welt bin."

„Es ist ja nicht so, als würde einer der Bewohner von Tuckers Bluff wissen, was du wirklich tust."

Hannah versuchte nicht einmal, ein Lachen zu

unterdrücken. „Du hast eindeutig noch nie in einer Kleinstadt gelebt."

„Ich habe in ein paar kleineren Städten gelebt."

„Nein." Sie schüttelte den Kopf. „Das kaufe ich dir nicht ab. Jeder, der wirklich weiß, wie es in einer Kleinstadt abgeht, würde verstehen, dass jeder alles über jeden weiß, egal wie weit man von der Stadt entfernt wohnt. Meine Cousine Grace sagt gerne, dass sie sogar das Ablaufdatum deiner Milch im Kühlschrank kennen."

„Okay. Vielleicht waren die Städte, in denen ich gelebt habe, nicht ganz so klein wie diese hier. Aber ich denke, ihr alle seht ein bisschen mehr Neugier, als es wirklich gibt."

„Vielleicht." Sie zuckte mit den Schultern. „Oder vielleicht auch nicht. Ich weiß nur, wenn D.J. sagt, es ist am besten, dass niemand weiß, dass du hier bist, dann läuft es auch so ab." Ihr Cousin war sehr gut in dem, was er tat, und das wusste sie. Manchmal fragte sie sich, ob es irgendwo in der Familie ein Gesetzeshüter-Gen gab. Ihr Bruder, der Texas Ranger, war auch sehr gut in dem, was er tat. Manchmal wünschte sie sich, Ian würde sich in einer kleinen Stadt wie dieser niederlassen und einen Job annehmen, der sich mehr mit unverantwortlichen Teenagern und anderen kleineren Vergehen befasste. Aber Ian liebte, was er tat, und sie musste darauf vertrauen, dass er mit etwas göttlicher Hilfe für sich selbst sorgen konnte.

Trotzdem fragte sie sich, was die Geschichte des Mannes vor ihr war. Vor wem lief er weg? Warum versteckte er sich? Oder war die ganze Sache ein wenig übertrieben?

„Du runzelst schon wieder die Stirn."

„Tue ich das?" Instinktiv hob Hannah ihre Finger zu der Falte zwischen ihren Augenbrauen.

Dale reichte ihr die letzte trockene Schüssel, die sie

im Schrank verstauen sollte. „Wenn die Gedanken einer jungen Frau abschweifen, würde ich normalerweise sagen, dass es um einen Mann geht. Wenn jemand so hübsches wie du die Stirn runzelt und es dabei um einen Mann geht, muss er ein verdammter Idiot sein."

„Findest du das nicht ein bisschen chauvinistisch?" Hannah schloss die Schranktür und drehte sich zu ihm um. „Wenn ein Mann abschweift, denkt er an ein Heilmittel gegen Krebs, den Zustand der Gesellschaft, die aktuellen Sportergebnisse. Aber wenn die Gedanken einer Frau abdriften, muss es um einen Mann gehen. Ziemlich engstirnig, findest du nicht?"

„Entschuldige. Natürlich hast du recht. Also, warum hast du die Stirn gerunzelt?" Er streckte die Hand aus und strich ihr über ihre Stirn. „Du machst es schon wieder."

„Wirklich?"

„Was du brauchst, ist eine Ablenkung." Dale verneigte sich und machte dann eine große Geste in Richtung Wohnzimmer. Er richtete sich auf und streckte ihr seinen Ellbogen entgegen. „Folgen Sie mir."

Sie überlegte, nach dem Wieso oder Warum zu fragen, aber die Worte blieben ihr im Hals stecken. Bevor sie sich versah, hatte sie ihre Hand in seinen Ellbogen gehakt und folgte ihm ins Wohnzimmer, wo sie schweigend zusah, wie er ein paar der größeren Kissen von den Sofas nahm und sie auf den Boden warf.

„Warte bitte hier." Er drehte sich um und marschierte zurück in die Küche, direkt zur Speisekammer.

„Was machst du?" Wenn das dazu führen sollte, dass sie nicht mehr die Stirn runzelte, funktionierte es nicht. Sie war verwirrter denn je.

„Wenn man bedenkt, dass dieser Speisekammer die

Größe eines kleinen Hauses hat, denke ich, dass deine Tante alles hat, was ich brauche."

Hannah ging in die Küche. „Sag mir, was du suchst, und vielleicht kann ich dir helfen."

„Nein." Dale steckte seinen Kopf heraus. „Ich schaffe das. Mach es dir bequem. Ich komme sofort."

„Aber wenn du nicht finden kannst –"

Sein Kopf tauchte wieder auf. „Versuchen wir das. Mach es dir bitte im Wohnzimmer bequem."

„Nun, da du nett gefragt hast." Sie verbarg ein Lächeln. Sie tat, was ihr gesagt wurde, und hoffte kurz, dass er nicht die Speisekammer ihrer Tante durcheinanderbrachte. Aber am meisten interessierte sie, was der Mann vorhatte. Als sie es sich auf dem Boden bequem gemacht hatte, konnte sie hören, wie sich die Schubladen in der Küche öffneten und schlossen und der Inhalt herumrasselte. „Bist du sicher, dass du meine Hilfe nicht willst?"

„Ich habe alles im Griff." Eine weitere Tür schlug zu und sie hörte Schritte in ihre Richtung kommen. „Mir ist aufgefallen, dass der Kamin einen Gasanzünder hat."

Hannah warf einen Blick auf den hölzernen Kaminsims. Ihre Augen suchten die Umgebung ab und landeten auf dem Metallschlüssel, der in die Backsteinmauer eingelassen war. „Ja, das hat er."

In einer Hand trug Dale ein paar Küchenutensilien. Moment, Grillutensilien. Als er sie erreichte, bemerkte sie, dass er in seinem anderen Arm trug, was er aus der Speisekammer geplündert hatte. Er ließ sich neben ihr auf das Kissen fallen und legte eine Schachtel Kekse, eine Tüte Marshmallows und eine Tüte Pralinen ab. Er beugte sich vor und stellte mit einer schnellen Handbewegung das Gas an. Dann entzündete er ein Streichholz am Kaminsims und hielt es tief in den Kamin. Das sauber gestapelte Brennholz ging in

Flammen auf.

Er lehnte sich zurück und riss die Tüte mit Marshmallows auf. Dann spießte er zwei davon auf eine der Grillgabeln und reichte ihr diese. „Nichts muntert jemanden so auf wie ein mit Schokolade überzogener Zuckerschub zum Nachtisch."

„S'mores?" Sie konnte nicht aufhören zu grinsen. Es war Ewigkeiten her, seit sie das letzte Mal gezeltet hatte. Mit einem herzlichen Lachen nahm sie die extra lange Gabel entgegen und grinste ihren Gast an. „Ich liebe S'mores."

„Siehst du. Kein Stirnrunzeln mehr."

„Nein." Sie hielt die weiße Süßigkeit über die Flammen, drehte sie wieder und wieder und grinste, als ein goldenes Braun die Oberhand darüber gewann. „So ist alles perfekt."

Das strahlende Grinsen auf Hannahs Gesicht reichte aus, dass Dale eine kitschige Broadway-Melodie anstimmen wollte – und dabei konnte er gar nicht singen. Dieses ganze Szenario, seit er Hauptzeuge der Staatsanwaltschaft wurde, fühlte sich so weltfern an, besonders seit der Landung in Farraday Country. Es hatte nicht lange gedauert, um herauszufinden, dass die Geschwister in alphabetischer Reihenfolge benannt worden waren. Hannah erklärte, dass dies daran lag, dass ihre Tante Helen das Musical *Eine Braut für sieben Brüder* so sehr liebte. Da Hannah nach Grace geboren wurde, wählte ihre Mutter zu Ehren ihrer Tante Helen einen Namen, der mit H begann, um die musikalische Tradition fortzusetzen. Unter diesen Umständen wäre es vielleicht doch nicht so unangebracht, ein Lied anzustimmen, egal wie falsch er sang.

„Autsch." Hannah saugte einen weißen Tropfen von ihrem Finger. „Ich habe vergessen, wie heiß geröstete Marshmallows sein können."

Dale beugte sich näher, um besser sehen zu können. Ein hellrosafarbener Punkt wurde langsam dunkler. „Das sollten wir unter kaltes Wasser halten."

„Unsinn, es ist eine Marshmallow-Verbrennung. Die haben wir als Kinder die ganze Zeit am Lagerfeuer bekommen und niemand ist zu einem Wasserhahn gerannt. Ich werde es überleben." Sie hob das schmelzende S'more an ihren Mund und hielt inne, während sie ihn anlächelte. „Aber danke für die Sorge."

„Gern geschehen." Wenn er jetzt nur den kleinen Klecks Schokolade und Marshmallow ignorieren könnte, der gerade an ihrem Mundwinkel landete. Er brauchte all seine Kraft, um sich davon abzuhalten, sich nach vorne zu lehnen und es selbst aufzulecken. Stattdessen griff er nach seiner Gabel und schob ein Marshmallow mit genug Kraft auf das Ende, um fast auch seine Hand aufzuspießen.

„Also, was hat dich an S'mores erinnert?" Hannah nahm einen weiteren Bissen und leckte dann die süßen Überreste von ihren Fingerspitzen.

Er hätte sich wirklich etwas weniger Klebriges einfallen lassen sollen, oder zumindest etwas, dass nicht beinhaltete, dass diese hübschen rosa Lippen saugten und leckten. „Es war das einzige Dessert, das ich nicht vermasseln konnte."

„Du kannst nicht kochen?"

„Ich kann kochen. Naja, ich kann grillen. Ich serviere ein geniales Steak, ziemlich gute Hähnchen, niemand kann es mit meinen Maiskolben aufnehmen und mit Hotdogs und Hamburgern komme ich auch klar. Aber Desserts sind nicht meine Spezialität, es sei denn, es geht darum, Cookie-Dough-Eis auszulöffeln."

„Ich liebe Cookie-Dough-Eiscreme." Hannah

sprang fast vom Kissen auf. „Ich liebe alles mit Keksteig. Fast so sehr wie ich S'mores liebe"

„Es gibt viele Marken, die Eis mit S'mores-Geschmack führen."

„Ja, aber ich warte darauf, dass Blue Bell es meistert."

„Ah, eine echte eingefleischte Texanerin."

„Hier geboren und aufgewachsen." Sie hob stolz ihr Kinn und durchbohrte dann ein weiteres Marshmallow. „Das letzte. Das verspreche ich."

„Schon gut", er zuckte mit den Schultern, „man sagt, Schokolade hat Antioxidantien." Er genoss es, mit ihr vor dem Kamin auf dem Boden zu sitzen. Es war fast so, als hätte er keine Sorgen auf der Welt.

Das Geräusch von zuschlagenden Autotüren drang ins Haus. Als er sein Handgelenk drehte, erschreckte ihn die Uhrzeit. Er hätte schwören können, dass sie sich nur kurz unterhalten und gegessen hatten. Kein Wunder, dass sie weiteren S'mores abschwor. Seit über zwei Stunden hatten sie ihre Münder zwischen den Gesprächen vollgestopft.

„Oh mein Gott, was für eine tolle Idee!" Für eine Frau, die eine zusätzliche Ladung Baby vor sich hertrug, ging Toni Farraday mit der Beweglichkeit eines Gepards schnurstracks zum Kamin und zog einen Stuhl dicht an Hannah heran. „Darf ich mir deine Gabel ausleihen?"

„Nur zu gerne."

„Oh wow." D.J.s Frau folgte ihrem Mann ins Haus und eilte hastig um ihn herum, um sich ebenfalls vor den Kamin zu setzen. „Grace wird wirklich sauer sein, dass sie gerade nicht hier ist."

Eine nach der anderen versammelten sich alle Farraday-Frauen um den Kamin, während sich einige ihrer Ehemänner in der Nähe aufhielten. Nachdem Tante Eileen vor Freude gekreischt hatte, hastete sie in die Küche und zurück. „Ich wusste, dass ich die hier eines Tages benutzen würde." Sie reichte allen ein langes, schmales Besteck, das an eine Fonduegabel erinnerte.

Connor, der als letztes das Haus betrat, steckte sein Handy in die Tasche. Er nahm sich einen Moment Zeit, um den Raum abzusuchen, und fokussierte Hannah. „Ich habe das Gefühl, dass es langsam richtig losgeht." Er beugte sich vor, um seiner Tochter Stacey zu helfen, den Marshmallow-Spieß höher in den Kamin zu halten, und sah zu seiner Cousine. „Anscheinend redet Mrs. Hampton gerne. Ich weiß nicht, was du gestern zu ihr gesagt hast, aber ohne dass ihr Sohn eine einzige Stunde bei dir hatte, verbreitet sie bereits die Nachricht, dass du von Mrs. Stewart in höchsten Tönen gelobt wirst und ein ausgezeichneter Ersatz für den nach Kalifornien gezogenen Pferdetherapeut sein sollst."

Hannah sammelte ein paar Krümel von ihrem Schoß auf. Sie sah entzückend aus, als sie beiläufig an den heruntergefallenen Graham Crackern knabberte. Dale rechnete damit, dass sie jeden Augenblick nachgeben und sich ein weiteres S'more machen würde.

„Das ist gut", murmelte sie und saugte die Krümel von ihrem Finger. „Warum siehst du aus, als hätte man deine Hose zu sehr gestärkt?"

„Weil eine der Frauen, die auch bei diesem Therapeuten war, möchte, dass du mit ihrer Tochter arbeitest."

„Noch eine gute Nachricht. Mehr zahlende Kunden. Oder braucht diese Person Subventionen?"

Mit einem frischen S'more in der Hand schüttelte Connor den Kopf und nahm einen schnellen Bissen, bevor er antwortete. „Zahlende Kundin."

„Meine Lieblingssorte." Sie strahlte.

„Nur, dass diese zahlende Kundin schon morgen anfangen will."

Hannahs Überschwänglichkeit ließ plötzlich nach. „Morgen?"

„Sie besucht für ein paar Wochen ihre Eltern in Abilene und möchte die örtliche Nähe nutzen."

„Weißt du", Catherine beugte sich auf den Knien vor, „was die Ausrüstung angeht, sind wir startklar. Es gibt keinen wirklichen Grund, diese beiden Kunden nicht ab morgen zu übernehmen."

Hannah sah zu ihrem Cousin.

„Es liegt an dir." Connor zuckte mit den Schultern.

„Dieses Mädchen hat kognitive Probleme und ihre Mutter befürchtet, dass sie ohne die Interaktion mit Pferden wieder Rückschritte macht", sagte Catherine.

Dale konnte fast sehen, wie sich die Zahnräder in Hannahs Kopf bewegten. Sie würde das packen. Und zu seiner eigenen Überraschung war er mehr als erfreut, ein Teil davon zu sein.

Zu versuchen, Dale lange genug von den anderen wegzubekommen, um den Rest der Geschichte aus ihm herauszubekommen, hatte sich als schwieriger herausgestellt, als D.J. erwartet hatte. Ursprünglich hatte er geplant, das Kirchenpicknick vor den anderen zu verlassen, um als Erster zu Hause zu sein. Als Sister und Sissy ihn vor ihrer Boutique abfingen, um ihm zu erzählen, wie viel Spaß sie bei der Hochzeit hatten und wie sehr sie sich auf die nächste Feier freuten, wusste er, dass er in Schwierigkeiten steckte. Als sie dann weitere zehn Minuten weiterschwatzten und über nicht einen, sondern zwei Hunde philosophierten, die in Tuckers Bluff Kuppler spielten, wusste er, dass jegliche Chance, vor dem Rest der Familie nach Hause zu kommen, in Rauch aufgegangen war.

Als Brooks darauf bestand, Dale zu einer schnellen Untersuchung nach oben zu bringen, sah D.J. seine Chance und rannte los. Er huschte davon, während alle anderen damit beschäftigt waren, nach dem Abendessen Drinks zu sich zu nehmen und Brettspiele zu spielen, und folgte seinem Bruder und seinem Freund leise nach oben.

„Ich habe mich schon gefragt, wie lange du brauchen würdest, um mich in die Enge zu treiben." Dale setzte sich aufs Bett und ignorierte den verwirrten Ausdruck auf Brooks' Gesicht.

„Länger als ich geplant hatte." D.J. wandte sich an seinen Bruder. „Ich hasse es, das zu tun, aber warum wäschst du dir nicht die Hände im Badezimmer oder so."

Brooks blickte auf seine Uhr. „Ich gebe dir fünfzehn Minuten."

In dem Moment, in dem sich die Tür schloss, drehte sich D.J. zu seinem Freund um. „Du sagtest, die Staatsanwaltschaft wollte einen Fall aufziehen."

„Das stimmt." Dale nahm auf dem Bett Platz.

„Wie kommuniziert ihr?"

„Ich habe ein Wegwerfhandy, das ich mir auf dem Weg aus der Stadt in Tyler geholt habe. Ich melde mich alle paar Tage bei ihnen."

„Tyler? Das ist ein paar Stunden östlich von Dallas. Ganz schöner Umweg nach West-Texas."

Dale nickte und lächelte. „Wenn aus irgendeinem Grund jemand herausfindet, dass ich lebe und Dallas verlassen habe, wollte ich dafür sorgen, dass sie glauben, ich fahre nach Osten."

„Ich hätte es wissen sollen." murmelte D.J.. Dale hatte einen scharfen Verstand und war den Bösewichten immer drei Schritte voraus. „Warum fangen wir nicht von vorne an?"

„Wir haben nur fünfzehn Minuten." Er drehte sein

Handgelenk. „Wahrscheinlich nur noch vierzehn."

„Dann verplempern wir nicht noch eine." D.J. lehnte sich gegen die Kommode, verschränkte die Arme und wartete.

„Ich halte das immer noch für keine gute Idee. Je weniger du weißt …"

„Willst du schon wieder damit anfangen? Sag mir bitte einfach die Wahrheit und beeil dich."

„In Ordnung, du hast gewonnen. Aber für das Protokoll, ich protestiere."

D.J. nickte.

„Das Ganze begann vor ein paar Monaten, vielleicht auch früher, direkt nachdem ich mit Grace' Mitbewohnerin Schluss gemacht hatte. Ich hielt in einem Restaurant in der Nähe der Universität auf einen Drink an und setzte mich an die Bar. Ich trank ein Bier, vielleicht zwei, als eine Frau schrie und es am Tisch hinter mir laut wurde. Du weißt, wie das ist, der Instinkt setzt ein und bevor du dich versiehst, bist du mitten im Geschehen. Stellte sich als ziemlich einfach heraus. Irgendein Idiot rief, ein Mann habe einen Herzinfarkt. Aber so wie das Opfer röchelte, war klar, dass es an etwas erstickte. Ich warf einen schnellen Blick auf seinen Teller, als ich hinter ihn trat und sah, dass er Schweinekoteletts zum Abendessen bestellt hatte."

„Einen Knochen verschluckt", schlussfolgerte D.J..

„Ja. Geschieht dem Typen recht, wenn er kein Messer und keine Gabel benutzt. Wie auch immer, nachdem ich das Ding aus seiner Kehle gelöst habe, dreht sich dieser Kerl um und schüttelt meine Hand so heftig, dass er mir fast die Schulter ausgerenkt hätte. Er kam mir unglaublich bekannt vor, aber bei den Bieren und dem Adrenalinkick und all den Leuten um mich herum wusste ich nicht gleich, woher. Er bestand darauf, dass ich mich zu ihm setzte, bestellte mir noch einen Drink und fragte, ob ich schon zu Abend gegessen hätte. Das hatte ich nicht, also hatte ich als nächstes das größte Steak vor mir, das ich je in meinem ganzen Leben gesehen hatte."

„Die Zeit tickt. Kommst du endlich zu Sache?"

„Als ich mich hinsetzte, erkannte ich das Gesicht. Joe Bettina."

D.J. war sich ziemlich sicher, dass ihm die Augen aus dem Kopf gesprungen waren. „*Der* Joe Bettina?"

„Der einzig wahre. Am nächsten Morgen klopfte es um sechs Uhr morgens an meiner Tür. Um sieben Uhr kannte mich Bettina und seine Bande unter dem Namen Dale Henderson, Gebrauchtwagenhändler."

„Du bist bei der Famiglia Crime Organization undercover gegangen?" D.J. konnte die Worte fast nicht aussprechen. Das war eine wirklich ernste Sache.

„Nicht wirklich. Nur Bekanntschaften gemacht. Zwanglos. Irgendwann wäre es sicher tiefer gegangen, aber aktuell ging es nur um ein gelegentliches Kartenspiel oder um ein oder zwei Drinks am Abend. Eines Tages spielten wir Golf. Ich werde dir nicht sagen, wer noch alles dabei war."

Diesmal stimmte D.J. zu. Er wollte es nicht wissen. „Weiter."

„Das Ganze nahm eine Wendung, als ich zur Geburtstagsfeier von Josephs Tochter eingeladen wurde. In seinem Haus. Auf dem Weg zum Badezimmer bog ich irgendwo nach links statt nach rechts ab. Ich fand mich auf einer Seite einer leicht geöffneten Tür wieder, hinter der Joe zu erkennen war. Ich lauschte seinem Gespräch mit einem anderen Kerl. Für den Fall, dass sie nicht über das Wetter sprachen, zog ich mein Handy heraus und machte ein Video, aber als ich den Blickwinkel für ein besseres Bild änderte, war es schon zu spät. Joe hatte jemandem eine Kugel in den Hinterkopf gejagt. Er drehte sich zu dem Typen ihm gegenüber, winkte mit der Waffe und rief, *so macht man das*, dann drehte er sich auf die andere Seite und knurrte: *Bist du jetzt glücklich? Es ist erledigt. Genauso, wie du es wolltest.* Wer auch immer den Befehl erteilt hatte, antwortete in einer Sprache, die nicht Spanisch war, bevor er Joe eine Münze zuwarf. Ich habe nur ein Wort verstanden, *Dobro*.“

„Russisch?“ Die Haare in D.J.s Nacken sträubten sich. Mit der Mafia zu tun zu haben, war nie gut, aber einige von den Kerlen kannten keine Gnade, keinen Ehrenkodex unter Dieben. Die Russen gehörten zu dieser Sorte.

Dale wedelte mit den Armen und zuckte mit den Achseln. „Vielleicht. Könnte jedes der slawischen Länder sein, in denen *Dobro* gut bedeutet.“

„Nun, zumindest können wir sicher sein, dass er sich nicht auf eine Gitarre bezog.“ D.J. stieß einen Seufzer aus. „Wie sah der Typ aus? Konntest du ihn erkennen?“

„Nein.“ Dale schüttelte den Kopf und seine Fingerspitzen fuhren über seine linke Schläfe. „Ich habe nichts gesehen. Ich habe die Stimme kaum gehört, sie war leise und rau und schwer zu hören. Im Video war sie aber zu verstehen. Die Staatsanwaltschaft hat es.“

„Würdest du sie erkennen, wenn du sie noch einmal hören würdest?“

„Ja ich glaube schon.“

Sogar D.J. verspürte jetzt Kopfschmerzen. „Du bist also der Grund, warum Joe Bettina im Gefängnis sitzt?“

Dale nickte.

„Und lass mich raten, es gab ein Leck in der Abteilung und deine Tarnung ist aufgeflogen.“

Dale tippte sich mit dem Finger auf die Nasenspitze und nickte. „Das war wohl der Grund, warum ich ohne Bremsen in die Kurve einer leeren Straße fuhr, während mich eine dunkle Limousine verfolgte. Das nächste, an das ich mich erinnere, ist, dass ich auf der Intensivstation aufwache und genug Drähte und Schläuche für ein wissenschaftliches Experiment an der High School aus mir herausragen.“

D.J. brauchte frische Luft. Er stand auf und ging durch den Raum. Die Schlafzimmertür öffnete sich zentimeterweise. Brooks steckte seinen Kopf herein, warf einen Blick auf D.J. und Dale und flüsterte, „Noch zehn Minuten“, bevor er die Tür wieder hinter sich schloss.

„Jetzt erkennst du mein Dilemma“, seufzte Dale. „Ich hätte in einem Safe-House in Dallas bleiben können, aber mein Bauchgefühl sagte *nein*. Wenn nur zwei Menschen wissen, dass ich lebe, und keiner, wo ich bin –“

„Einer.“ D.J. lächelte.

Dale schnaubte, aber lächelte. „Okay einer. Allein gefallen mir meine Überlebenschancen viel besser.“

„Ich stimme dir zu.“ Außerhalb seiner Familie gab es nur eine Handvoll Menschen auf dieser Welt, denen D.J. sein Leben anvertrauen würde. Dale war einer von ihnen. D.J. rieb sich mit der Hand über den Nacken. „Wir müssen dich nur in einem Stück in den Zeugenstand schaffen. Aber ohne den Boss, hast du keinen ruhigen Tag mehr. Zeugenschutz?“

„Das war die Kurzversion.“

„Hat die Staatsanwaltschaft neue Hinweise darauf, wer der Kerl ist?“

„Ach komm schon. Lange bevor einer von uns bei der Polizei war, hatten diese Typen ihre Finger schon in allem, von Falschgeld über Identitätsdiebstahl, Prostitution, Waffenschmuggel und was sonst noch viel Geld einbringt. Dennoch ist es bis jetzt niemandem gelungen, einen Hinweis darauf zu finden, wer der Oberboss ist. Wir kommen bis Joe Bettina und dann verlaufen alle Spuren."

Kopfschüttelnd setzte sich D.J. wieder hin. Jetzt hatte er wirklich etwas, über das er nachdenken musste. Dale mochte recht gehabt haben. Ihn hierher zu bringen, könnte das Schlimmste sein, was D.J. für die Farradays hätte tun können.

KAPITEL VIERZEHN

Obwohl Hannah heute nicht auf der Ranch arbeiten würde, standen sie und Dale mit dem Rest der Familie für ein frühes Frühstück auf.

Die Ausrüstung hatte sie gestern in der Arena gelassen. Sie würde ihre neue Schülerin auf Herz und Nieren prüfen, um zu sehen, wie ihr Stand war.

„Womit fangen wir an?", fragte Dale.

Hannah blieb vor Patience' Box stehen. „Auch wenn du und Maggie scheinbar die dicksten Freunde seid, möchte ich lieber kein Risiko eingehen, wenn eine neue Schülerin in der Nähe ist. Ich habe die Formulare, die die Mutter für uns ausgefüllt hat, und die Akte vom vorherigen Pferdetherapiezentrum, gelesen, aber bis ich mit ihr arbeite, weiß ich nicht, womit ich es genau zu tun habe. Da wir kein mechanisches Pferd haben, mit dem wir eine erste Einschätzung vornehmen können, muss ich ein echtes Tier nehmen, und ich will mir dabei keine Sorgen wegen des Pferdes machen müssen."

„Macht Sinn. Also, was nun?"

„Wir werden Patience satteln und bereit machen, wenn Melody hier ankommt. Genauso, wie wir es gestern mit Maggie gemacht haben." Erneut sammelte sie, mit Dale an ihrer Seite, zusammen, was nötig war, um das Pferd vorzubereiten. „Wenn wir fertig sind, lasse ich dich bei der Stute, während ich Melody und ihre Mutter begrüße."

„Nur du. Verstanden.“

„Vielen Dank. Sobald wir fertig sind, kannst du Patience zu den Aufstiegshilfen bringen. Abhängig von ihrer Größe und ihren Fähigkeiten sehen wir dann, wie wir sie aufsteigen lassen. Wenigstens wissen wir, dass sie nicht im Rollstuhl sitzt und keine Rampe braucht.“

Dale nickte. „Und danach?“

„Du bleibst in der Nähe und gehst neben Melody und dem Pferd her. Wenn nötig, wirst du sie führen, aber soweit ich weiß, kann sie das auch alleine. Irgendwann brauche ich dich, um Melody zu helfen oder für eine neue Übung. Aber ich werde dich wissen lassen, wenn es so weit ist.“

„Klingt einfach.“

„Sollte es auch. Wir trainieren hier nicht für die Olympischen Spiele oder eine Barrel-Racing-Meisterschaft. Hier geht es darum, das Pferd zu beherrschen, ein Erfolgsgefühl bei Kindern hervorzurufen, die nur selten das Gefühl haben, dass sie in einer normalen Welt etwas erreichen können. Wir arbeiten uns langsam vor.“ Sie hatte nicht das Gefühl, dass sie noch etwas erklären musste. Das Konzept war wirklich ganz einfach. Obwohl sie in den letzten zwei Tagen nie eine klare Antwort darauf bekommen hatte, was er in letzter Zeit beruflich gemacht hatte, war es offensichtlich, dass er sehr klug und anpassungsfähig war.

Melody kam mit ihrem eigenen Helm auf dem Kopf neben ihrer Mutter herein. Das Gesicht des Mädchens verzog sich zu einem Lächeln, als sie einen Blick auf die Pferde in den Boxen an der Seite erhaschte.

Hannah gab Dale ein Zeichen, Patience zu holen, während sie Melodys Mutter die Hand reichte. „Ich bin Hannah Farraday, freut mich, Sie kennenzulernen.“ Sie drehte sich zu Melody um. „Danke, dass du uns besuchen kommst.“

„Ich mag Pferde. Miss Jennifer ist weggezogen.“ Melody war etwa einen Meter siebzig groß und sah wie jede andere junge Teenagerin aus. Ihr Gesicht verdunkelte sich ein wenig. „Ich mag Mr. John nicht. Er hat eine gemeine Stimme.“

Hannah warf der Mutter einen Blick zu und suchte nach einer Bestätigung. Melodys Mutter zuckte nur mit den Schultern, was Hannah vermuten ließ, dass junge Mädchen wohl nicht so begeistert von Mr. John waren. „Ich hoffe, ich klinge nicht gemein.“

Melody schüttelte heftig den Kopf. „Sie haben eine schöne Stimme, wie Miss Jennifer.“

„Vielen Dank.“ Das Geräusch von Hufen auf dem Betonboden lenkte die Aufmerksamkeit aller auf Dale und Patience. „Ich werde dir jetzt Patience vorstellen. Sie ist auch ein süßes Mädchen. Und sie mag Mädchen in deinem Alter.“

Grinsend näherte sich Melody dem Pferd von vorne. Sie holte ein Leckerli aus ihrer Tasche und hielt dem Pferd steif die Hand zum Knabbern hin. Dann nahm sie sich einen weiteren Moment Zeit, um den Hals des Pferdes zu streicheln, drehte sich zu Hannah um und verkündete stolz: „Ich mag sie auch.“

Ohne ein Wort wandte sich Melody ab und ging zu den Aufstiegshilfen, wo sie geduldig darauf wartete, dass Dale das Pferd zu ihr führte.

„Wir“, begann Melodys Mutter, „haben für das Turnier Ende nächsten Monats in Houston trainiert. Wir hoffen, dass wir das mit diesem Stall aus weiterhin teilnehmen können.“

Hannah hatte nicht daran gedacht, sich so bald an einem der Events oder Wettbewerbe zu beteiligen, die einige Nachbarstädte veranstalteten. Aber aufgrund der Art, wie Melody ihr fröhlich zunickte, während ihre Mutter sprach, brachte Hannah es nicht übers Herz, etwas anderes zu sagen als: „Ich bin sicher, das können wir einrichten.“

Scheinbar wurde es für Hannah langsam zu einer Gewohnheit, nach ihrem Bauchgefühl zu handeln.

Dale stand neben Patience und Melody, während Hannah alles erklärte. Bisher hatte er nichts tun müssen, außer Hannah bei der Arbeit zuzusehen, was faszinierend gewesen war. Ihr jugendliches Aussehen ließ nicht auf die Ausbildung und das Fachwissen schließen, das sie bei der Arbeit mit diesem süßen jungen Mädchen an den Tag legte. In Hannahs Blick lagen eine Ernsthaftigkeit und eine Art Verständnis, die auf eine Person schließen ließ, die auch die harte Seite des Lebens gesehen hatte und bereit war, etwas dagegen zu tun. Es war wie eine Art Seelenverwandtschaft. Sie wollte genauso wie er etwas bewegen. Zuvor war er vielleicht zu abgelenkt gewesen, um es zu bemerken, aber Hannah Farraday war definitiv ganz Frau.

„Genau so. Und jetzt in dem Quadrat drehen.“

Das Pferd begann langsam rückwärtszugehen.

„Wo sind deine Hände?“, fragte Hannah leise.

Melody hob ihre Hände, um sie Hannah zu zeigen, und das Pferd trat einen weiteren Schritt zurück.

„Ja.“ Obwohl Hannah das junge Mädchen anlächelte, hatte Dale das Gefühl, dass das nicht die Reaktion war, auf die sie gehofft hatte. „Was machst du mit deinen Händen, um das Pferd aufzuhalten?“

Melody zog an den Zügeln.

„Das ist richtig, und was machst du mit den Zügeln, wenn du willst, dass sie sich vorwärts bewegt?“

Ohne zu zögern, lockerte Melody ihren Griff um die Zügel.

„Sehr gut. Das stimmt.“

Hypnotisiert von der Sanftheit von Hannahs Interaktion mit diesem jungen Mädchen, verpasste er es, als sie sagte, sie sollten zum nächsten Hindernisparcours auf die andere Seite der Arena gehen. „Tut mir leid", murmelte er leise, damit nur Hannah es hören konnte.

Mit einem sanften Lächeln nickte sie ihm leicht zu. Die Frau verkörperte Frieden und Ruhe. Sie war definitiv für diesen Job gemacht. Jetzt verstand er, woher ihr Ruf kam.

Weitere zwanzig Minuten stand er neben dem Pferd, nicht zu weit, aber auch nicht zu nah, und beobachtete ehrfürchtig, wie Melody ihre verschiedenen Fähigkeiten trainierte und Hannah ihr beibrachte, was sie Punkte kosten könnte und was sie sich unbedingt merken musste. Melody tat genau das, was ihr gesagt wurde, und legte dieselben Fähigkeiten an den Tag, die jeder andere Reiter mit ihrer Erfahrung haben konnte. Für einen Moment dachte er, er könnte den Stolz, das Selbstvertrauen und das verbesserte Selbstwertgefühl aufblitzen sehen, die sich aus dem Umgang mit einem dieser wunderschönen Tiere ergaben.

Als die Therapiestunde vorbei war, unterhielten sich Hannah und Melodys Mutter vor der Arena, während Dale das Pferd zurück zu seiner Box führte.

Catherine kam von draußen hereingeeilt. „Sorry, verrückter Morgen. Ist die erste Schülerin schon fertig?"

„Ja." Dale löste die Riemen unter dem Pferd und bemerkte, dass Catherine einen Schritt zurücktrat. Er hatte fast vergessen, dass Catherine sich in der Nähe dieser großen Tiere unwohl fühlte.

Catherine blickte über ihre Schulter und zurück. „Wie ist es gelaufen?"

„Ich bin kein Experte, aber es schien wirklich gut

zu laufen." Er nahm den Sattel vom Pferd und legte ihn auf ein nahegelegenes Geländer. „So ein süßes Kind. Es ist so schade, dass sie nie wirklich erwachsen wird."

„Schreib sie nicht ab", Catherine kam einen Schritt näher, „sie ist immer noch in der Lage, ein produktives Leben zu führen, und wahrscheinlich ein viel glücklicheres als der Rest von uns, der den ganzen Scheiß auf dieser Welt mitbekommt."

Dale nickte. „Und was Hannah da drin mit ihr gemacht hat, wird einen großen Teil dazu beitragen."

„Kann gut sein." Catherine lächelte.

Dale streifte das Halfter vom Kopf des Pferdes und hängte es an einen Haken in der Nähe. Dann drehte er sich zu Catherine um. „Es war unglaublich das alles mitanzusehen. Ich habe früher viele Menschen beim Verhandeln beobachtet. Ich habe gesehen, wie sie jemanden davon abgehalte haben, von einem Haus zu springen. Aber es war noch faszinierender, ihr bei der Arbeit zuzusehen."

„Als Connor und ich zum ersten Mal darüber nachdachten, neben der Pferdezucht auch eine Einrichtung für Pferdetherapie zu betreiben, fuhren wir zu einem der besten Orte für Pferdetherapie in Dallas. Wir durften Hannah stundenlang bei der Arbeit mit mehreren Schülern zusehen. Als wir wieder abfuhren, hatten wir dasselbe Gefühl wie du jetzt. Wir hätten nicht glücklicher sein können, als sie sich bereit erklärte, ihre Karriere in der Stadt hinter sich zu lassen, um hier zu leben und zu arbeiten. Wir sind mehr als glücklich, sie bei uns zu haben. Wir sind wirklich gesegnet. Sie ist nicht nur eine hervorragende Lehrerin, sondern auch lizenzierte Therapeutin, was in einem kleinen Betrieb wie unserem sehr wichtig ist."

„Was ist der Unterschied?"

„Das Ziel der Pferdetherapie oder des adaptiven Reitens, wie es heute häufiger genannt wird, ist es,

Menschen durch Reiten körperlich, emotional und mental zu stärken. Die Lehrer, die mit Kindern mit besonderen Bedürfnissen arbeiten, sind sehr gut in dem, was sie tun, aber nicht immer darauf vorbereitet, was die richtige Reaktion ist, wenn ein Schüler einen emotionalen Zusammenbruch erleidet. Sei es wegen einer großen Leistung oder wegen des Gefühls des Versagens oder einfach nur, weil es ihnen gerade nicht gut geht. Die besten Ställe haben immer einen separaten lizenzierten Therapeuten im Team."

„Und ihr habt Hannah."

Mit einem Grinsen wie eine frisch verlobte Braut mit einem Diamantring von der Größe Gibraltars an der linken Hand nickte Catherine. „Und wir haben Hannah." Sie tätschelte Dales Arm und neigte den Kopf in Richtung der Unterhaltung am Ende des Gangs. „Ich gehe besser ins Büro und schaue, wo wir mit unseren neuen Schülern stehen."

Beim Eingang zum Büro schüttelte Hannah Melody und ihrer Mutter gerade die Hände, als Catherine kam, um sie nach draußen zu begleiten.

Er hätte weiter das Pferd absatteln sollen, aber er konnte sich nicht davon abhalten, Hannah dabei zuzusehen, wie sie sich ihm näherte.

An der Art, wie ihre Augen leuchteten, konnte er erkennen, dass sie mit der Stunde zufrieden war. „Brauchst du Hilfe, Cowboy?"

„Cowboy? Ich wurde schon als vieles bezeichnete, aber Cowboy gehörte nie dazu."

Sie griff in den Eimer und schnappte sich eine Bürste, bevor sie vor ihm zum Stehen kam. „Wenn du weiter so mit den Pferden umgehst, wirst du dir diesen Titel redlich verdient haben." Ihr Arm streifte seinen, als sie sich Patience näherte, um das Pferd sanft zu loben und abzubürsten.

Er schnappte sich ebenfalls eine Bürste aus demselben Eimer, trat um das Pferd herum auf die andere Seite und ahmte ihre Bewegungen nach, während er in sich hineinlachte. *Cowboy.* Als würde er je in diese einfache Lebensweise passen.

KAPITEL FÜNFZEHN

Hannah war überrascht, dass ihre Füße immer noch den Boden berührten, denn in ihrem Adrenalinrausch fühlte sie sich, als würde sie schweben. Sie liebte es, wenn sie eine Verbindung zu ihren Schülern aufbauen konnte, aber heute war es besonders überwältigend, da es in der ersten offiziellen Stunde in den Capaill Stables stattfand.

„Ich weiß nicht, wie es dir geht, aber ich bin am Verhungern." Dale verriegelte das Boxentor hinter ihnen. „Wie viel Zeit haben wir, bis Clark hier ist?"

„Er kommt erst heute Nachmittag. Ich wünschte, ich könnte mit dir in die Stadt fahren. Frank backt im Café zweimal täglich hausgemachte Brötchen, und gerade habe ich ein Verlangen nach ein paar dieser Babys. Mit frischer Butter und Mrs. Cheneys Honig."

„Das ist unfair, das lässt mir das Wasser im Mund zusammenlaufen."

Zusammen fuhren sie zur Ranch der Farradays hinüber und erreichten die Auffahrt eine Autolänge vor Finn, der in der Stadt gewesen war, um Vorräte zu holen. Da Joanna in Dallas mit ihrer Mutter die letzten Hochzeitsvorbereitungen traf, hatte er es schwer gehabt, sich zu beschäftigen. Es war lustig, die Veränderung an ihm zu sehen, seit seine jetzige Verlobte wieder in sein Leben getreten war. Der ruhige und ernste Mann der Familie lächelte jetzt ständig und war selten still. Und glücklicher als ein Honigkuchen-pferd.

„Hier." Tante Eileen winkte aus der Küche. „Ich dachte, du hättest heute keine Zeit, dich zum Mittagessen davonzuschleichen."

„Machst du Witze? Ich bin am Verhungern." Hannah ging direkt zum Ofen und spähte hinein.

„Das ist Zucchinibrot." Tante Eileen zeigte auf den Ofen. „Miss Cheney hat heute Morgen bei ihrer Honiglieferung eine Tüte Zucchini mitgebracht. Sie hat aus Versehen doppelt so viel gepflanzt wie sonst und jetzt hat sie eine Rekordernte."

Finn kam in die Küche und küsste seine Tante auf die Wange. „Nun, wenn wir deshalb öfter dein Zucchinibrot bekommen, werde ich mich nicht beschweren."

„Außerdem werdet ihr auch noch Zucchini-Knödel und Zucchini-Frikadellen bekommen. Ich habe auch ein paar geschnittene Zucchini mariniert. Ich dachte, du und dein Vater könnten sie heute Abend zusammen mit den Rib-Eye-Steaks grillen."

„Klingt gut." Finn goss sich ein Glas Wasser ein.

„Für mich auch." Hannah liebte Gemüse, das nicht nach Gemüse schmeckte. Auch wenn die Zucchini-Knödel nicht dasselbe waren wie normale Knödel, waren sie trotzdem verdammt gut, und die Zucchini-Frikadellen schmeckten sogar besser als Frikadellen aus Hack. Ihre Tante hatte dasselbe auch mit Blumenkohl gemacht. Als Kinder haben sie lange nicht einmal gemerkt, dass sie Gemüse aßen.

Finns Handy klingelte und sein Gesicht hellte sich auf. „Ich nehme das im Büro an."

„Nach dem Grinsen auf seinem Gesicht zu urteilen, muss das Joanna sein." Tante Eileen holte das Brot aus dem Ofen, und stellte es zum Auskühlen ans Fenster, bevor sie weitere Bleche in den Ofen schob. „Was bedeutet, dass wir ihn eine gute halbe Stunde lang nicht sehen werden."

„Ich werde den Tisch decken." Hannah öffnete eine Küchenschublade, um Besteck zu holen.

„Decke zwei extra Plätze für Connor und Catherine. Tante Eileen drehte sich zu Dale um. „Würde es dir etwas ausmachen, zur Scheune zu gehen und Sean mitzuteilen, dass wir in ungefähr zwanzig Minuten zu Mittag essen können. Er wird sich vorher waschen wollen."

„Gerne doch." Dale setzte ein süßes Grinsen auf, senkte sein Kinn und drehte sich um, um zu tun, was ihm gesagt wurde.

Tante Eileen starrte ihm ein paar Sekunden lang nach, bevor sie ihre Aufmerksamkeit wieder dem Herd zuwandte. „Er scheint so ein netter Kerl zu sein. Aber ist dir aufgefallen, dass er nicht viel über sich spricht?"

„Ja." Hannah war aufgefallen, dass sie keine Ahnung hatte, was er beruflich machte, wo er lebte, woher er kam oder wohin er wollte. Und doch hatte sie seltsamerweise das Gefühl, so viel über ihn zu wissen.

„Hat er gesagt, woher er kommt?"

Darauf konnte sie nur eine vage Antwort geben. „Er kommt nicht wirklich von irgendwoher. Er ist ein Army-Balg, und wie du schon weißt, ein Marine."

„Ja. Das erklärt einiges."

Hannah sah vom Tisch auf. „Was denn?"

„Zum einen, warum er und D.J. sich so gut verstehen, als wären sie alte Freunde."

„D.J. versteht sich mit jedem, egal was sie tun."

Tante Eileen zuckte mit den Schultern. „Das stimmt."

„Hast du ein Problem mit Dale?"

„Eigentlich ganz im Gegenteil. Er hat etwas Solides an sich. Es fühlt sich an, als würde er einfach zu uns passen."

Hannah brauchte keinen Wink mit dem Zaunpfahl, um zu wissen, wohin das führen sollte. „Denk aber daran, dass unser Gast weiterziehen wird, sobald die von Brooks verschriebenen Blutverdünner wirken."

„Das weiß ich."

Genauso wie Hannah. Sie musste sich das in den nächsten Tagen nur noch ein paar Mal am Tag ins Gedächtnis rufen.

Auf halbem Weg zur Scheune hörte Dale ein Rascheln im Gestrüpp vor sich. Für den Bruchteil einer Sekunde fragte er sich, ob er einer Klapperschlange gegenüberstehen würde. Bevor er ausweichen konnte, bewegte sich das Gras wieder und ein kleines Fellknäuel tänzelte direkt auf ihn zu. Dale ging in die Hocke und streckte die Hand mit der Handfläche nach oben aus. Das kleine Fellknäuel jaulte und drehte sich dann auf den Rücken, damit Dale seinen Bauch streicheln konnte. „Na, du bist aber ein süßes kleines Ding."

Wenn es einen so kleinen Welpen gab, gab es normalerweise mehrere, aber als er sich schnell umsah, konnte Dale keine Anzeichen von weiteren Welpen entdecken. „Ich schätze, deine Brüder und Schwestern müssen bei deiner Mutter sein." Neben der Scheune konnte er den leeren Hundeauslauf sehen. Er wusste genug über Viehzucht, um zu wissen, dass ein guter Hütehund zwei Männer wert war. Und oft hatte ein Viehzüchter ein oder zwei Welpen, um die Blutlinie weiterzuführen. Dieser Welpe hatte wahrscheinlich einen großartigen Stammbaum. Wenn Dale nicht wüsste, dass dies einer der Hunde der Farradays war, hätte er geschworen, dass der Welpe sogar etwas von einem Wolf in sich hatte.

Sich daran erinnernd, dass er damit beauftragt worden war, Sean wegen des Mittagessens zu informieren, stand Dale widerwillig auf. „Wir müssen das später noch einmal versuchen, Kleiner."

Der Welpe drehte sich auf die Beine und nickte, als würde er antworten, was Dale zum Lachen brachte. Wenn sie in so jungen Jahren schon so schlau waren, war es kein Wunder, dass ein guter Hund zwei Männer wert war. Der Welpe bellte leise und drehte sich um, um in die entgegengesetzte Richtung zu rennen, als Dale bemerkte, dass seine Mama nicht allzu weit entfernt saß und sie beobachtete.

„Na, woher kommst du denn?"

Die Hündin stand auf und stieß den kleinen Hund an, als er ihre Füße erreichte. Der Welpe schien seiner Mutter zuzunicken, dann erwiderte die Mama Dales Blick, bevor sie sich zur Rückseite der Scheune aufmachten.

„Ich schätze, eure Hütte ist auf der Rückseite", murmelte Dale laut. Er würde die Mama und den Rest der Welpen heute noch einmal besuchen müssen. Vielleicht nach dem Abendessen.

Sean Farraday erschien auf dem Pfad. „Hast du nach mir gesucht?"

„Das habe ich in der Tat. Tante Eileen hat mich geschickt, um dich zu holen. Sie sagte, dass das Essen in mittlerweile wohl fünfzehn Minuten fertig sein wird."

„Oh, sie ist schneller als ich erwartet habe." Zusammen gingen Sean und Dale zügig in Richtung Haus.

„Das könnte unsere Schuld sein. Hannah und ich sind nach ihrer morgendlichen Stunde auf die Ranch zurückgekommen."

„Und wie verlief ihre erste offizielle Stunde?"

„Alle wirkten sehr glücklich. Und das junge Mädchen hat jetzt feste Termine, also …"

„Ist alles gut. Und wie fühlst du dich?"

„Ich fühle mich großartig. Aber andererseits fühlte

ich mich auch großartig, bevor ich einen Teppich auf Megs Küchenboden imitierte."

„Zu oft braucht es etwas Drastisches, vielleicht sogar Lebensbedrohliches, damit wir erkennen, was vor unserer eigenen Nase ist. Soweit ich weiß, wärst du jetzt vielleicht nicht hier, wenn du zu irgendeinem anderen Zeitpunkt woanders zusammengebrochen wärst."

Dale schluckte schwer. Das war eine schwer zu akzeptierende Realität. Aber so war es nun einmal. Und darüber war er froh. Der ganze Sinn des Versteckens war, sein Leben zu retten. Er würde sich nicht von einem Blutgerinnsel besiegen lassen. Ob es ihm gefiel oder nicht, er würde genau das tun, was Brooks gesagt hatte. Und wie es das Schicksal wollte, gefiel es ihm viel mehr als er gedacht hatte, Befehle in West-Texas zu befolgen.

Connor und Catherine kamen zur gleichen Zeit durch die Vordertür herein, wie Sean und Dale von hinten eintraten und Finn aus dem Büro kam. Es war fast so, als wäre der Geruch von Essen ein Sirenengesang für alle. Der Lärm des Geplauders und der sich bewegenden Körper mit den gereichten und auf den Tisch gestellten Speisen erinnerte Dale eher an ein Feiertagsfest als an ein Mittagessen an einem normalen Wochentag. Und die riesige Platte voll köstlich riechendem Brathähnchen reichte aus, um Dale zum Sabbern zu bringen.

„Bevor mich jemand beschuldigt, deine Arterien zu verstopfen, das sind gebackene Süßkartoffelpommes." Tante Eileen reichte Dale eine große Schüssel eines seiner Lieblingsgerichte, die er auf den Tisch stellen sollte. „Finn, mein Lieber, die Brötchen sollten fertig sein. Würdest du sie bitte aus dem Ofen holen?"

„Nur zu gern."

Als alle am großen Küchentisch Platz genommen

hatten, war genug Essen da, um seinen gesamten Zug von damals bei den Marines zu versorgen.

„Da ich ein bisschen Wurst vom Frühstück übrig hatte, habe ich Soße gemacht." Tante Eileen stibitzte sich das größte Brötchen und goss eine ordentliche Portion Soße darüber.

„Ich werde noch mehr Zeit auf dem Laufband verbringen müssen." Catherine stieß einen resignierenden Seufzer aus und griff lächelnd nach der Soße. „Aber Biscuits and Gravy lasse ich mir nicht entgehen."

Connor brach ein dampfendes Brötchen auf und blickte zu Hannah. „Catherine hat mir gesagt, dass du das Turnier auf der Houston-Horse-Show für Melody in Betracht ziehst."

„Ich hatte noch nicht viel Zeit, darüber nachzudenken. Aber es ist etwas, worauf sie sich gefreut hat, und es wäre eine Schande, sie zu enttäuschen, wenn wir nicht müssen."

Connor tauchte sein Brötchen in die Soße seiner Frau, nahm einen kleinen Bissen und grinste schelmisch wegen ihres besitzergreifenden Blicks. „Ich denke, dass es aus diversen Gründen sehr gut sein könnte, aber ich habe eine Idee, die ich vorher noch mit dir besprechen möchte."

„Schieß los." Hannah biss in eine Pommes.

„Was wäre, wenn wir vor Houston in kleinerem Rahmen einen Wettbewerb mit einem Grillfest auf die Beine stellen, um Melody ein wenig Aufmerksamkeit zu verschaffen?"

Hannah legte ihr angebissenes Brötchen zurück auf ihren Teller und starrte Connor eindringlich an. Dale konnte beinahe sehen, wie sich die Rädchen in ihrem Kopf drehten und die Teile eines unbekannten Puzzles zusammenfügten.

Die Falte in Hannahs Augenbraue hob sich und sie

nickte. „Das ist eine fantastische Idee. Gestern Abend habe ich die Unterlagen durchgelesen, die Mrs. Hampton uns nachgeschickt hat. Laut der Akte ihres Sohnes ist er in seinem Abschlussjahr an der High School und war dort vor seinem Unfall der Top-Spieler des Football-Teams.“

„Was“, warf Catherine ein, „etwas von dieser sturen Wut in ihm erklären könnte.“

„Einen Teil davon“, stimmte Hannah zu. „Er wurde auch in Annapolis aufgenommen. Er hat viel, über das er wütend und frustriert sein kann.“

Dale legte seine Gabel auf seinen Teller. „Das erklärt sein Interesse an meiner Geschichte beim Marine Corps und warum er gefragt hat, ob ich irgendwelche SEALs kenne.“ Jetzt ergab alles viel mehr Sinn. „Wie lange ist der Unfall her?“

„Ungefähr ein Jahr.“

„Autounfall?“, fragte Catherine leise, während etwas Farbe aus ihren Wangen wich.

Hannah schüttelte den Kopf. „Ölförderanlage. Sein Vater ist Ingenieur bei einer Ölbohrgesellschaft in Midland. Clark begleitete ihn auf eines der Ölfelder. Ich bin mir nicht sicher, was genau passiert ist, aber irgendein Gerät hat seinen Fuß zerquetscht. Sie mussten unterhalb des Knöchels amputieren.“

Jetzt verstand Dale wirklich alles. Er hatte mehr als ein paar Freunde, die im aktiven Dienst ein Körperteil verloren hatten. Einige kamen besser damit zurecht als andere, aber es war für keinen von ihnen einfach. „Ich hasse es, das zu fragen, aber wie wird ihm Reiten helfen?“

„Auf mehrere Arten. Er muss lernen, mit dem Pferd zu arbeiten, er muss sich um das Pferd kümmern, und er muss sich selbst etwas zutrauen. Bevor er mit seinem letzten Ausbilder zu arbeiten begann, hatte er die traditionelle Physiotherapie abgelehnt. Ein Reiter auf dem Rücken eines Pferdes verwendet seine Beine, um mit seinem Pferd zu sprechen und um das Pferd zu lenken. Und wie ich zuvor erklärt habe, baut man unbewusst Kraft im Oberkörper auf, indem man auf einem Pferd balanciert. Abhängig von der Bewegung des Pferdes, ob es eine Bewegung zur Seite, nach vorne oder nach hinten ist, hilft das, unterschiedliche Muskelgruppen aufzubauen."

Je mehr Dale darüber nachdachte, desto mehr Freunde fielen ihm ein, die wahrscheinlich von einem Programm, wie dem, das Connor, seine Frau, Hannah und ihre Cousine Grace auf die Beine stellten, profitieren könnten.

„Nun", fuhr Hannah fort, „Clark war ein Sportler, und angeblich ein guter.

„Also wird er das Training für ein Wettbewerbsziel gierig aufsaugen", sagte Dale.

„Und", fügte Catherine hinzu, „das Ganze wird nicht nur eine große Motivation für einen schwierigen Schüler sein, wir können es auch nutzen, um die Stadt und die Einheimischen einzuladen, aus nächster Nähe zu sehen, was wir hier machen."

Alle am Tisch nickten. Ein paar Sekunden lang dachte Dale, einer von ihnen würde aufspringen und vorschlagen, dass sie in der Scheune eine Show veranstalten sollten. Er hatte definitiv zu viele alte Musicals gesehen, als er aufgewachsen war, aber manchmal wirkte diese Familie zu perfekt, um wahr zu sein. Sein Blick fiel auf Hannah, deren Wangen vor Aufregung gerötet waren. Und manche Leute *waren* zu perfekt, um wahr zu sein.

KAPITEL SECHZEHN

Gespannt, ob dieses Vorhaben Clarks Interesse wirklich wecken würde, betete Hannah, dass er so reagieren würde, wie sie es sich erhoffte.

„Bereit?", fragte Dale. „Du siehst aus, als würdest du gleich platzen."

„Sieht man das?"

„Deinen Enthusiasmus? Definitiv ja." Sein Blick wurde weicher. „Es ist ziemlich beeindruckend, wie sehr du dich um diese Kinder sorgst, und dabei kennst du sie kaum. Eigentlich kennst du Clark überhaupt nicht."

Wie sollte sie das erklären? „Es ist das ultimative Hochgefühl. Etwas zu teilen, von dem ich weiß, dass jemand anderes es braucht, und zuzusehen, wie derjenige deswegen ein besseres Leben führen kann. Ergibt das irgendeinen Sinn?"

„Ergibt sogar sehr viel Sinn. Deshalb ist einer deiner Cousins Polizist und ein anderer Arzt und wieder ein anderer Tierarzt. Es erklärt, warum dein Bruder ein Texas Ranger ist und sogar warum dein anderer Bruder Barkeeper ist. Sie alle helfen Menschen auf die eine oder andere Weise."

Von der Sattelkammer aus war leise das Geräusch einer zuschlagenden Autotür zu hören.

„Ich wette, das sind sie." Hannah drehte sich um, um einen Blick durch das Haupttor zu werfen. „Es wäre wahrscheinlich zu viel, wenn ich da rausgehe und sie begrüße, oder?"

Dale kicherte. „Wie kommst du darauf? Es ist besser, als angespannt zu warten, dass sie hereinkommen. Lass uns gehen."

Angetrieben von ihrem Eifer, ihre Neuigkeiten mit Clark zu teilen, ließ ihr Enthusiasmus schnell nach, als Mrs. Hampton an der Beifahrertür stand und mit ihrem Sohn stritt. „Oh, oh."

„Clark William Hampton, wir sind nicht den ganzen Weg hierhergefahren, damit du im Auto sitzen bleibst. Dein Vater hat sich sehr verständlich ausgedrückt. Entweder wir tun das oder du wirst in dieses Therapiekrankenhaus gebracht. Aber du kannst den Rest deines Lebens nicht damit verbringen, in einem abgeschlossenen Raum herumzusitzen."

Hannah atmete tief ein, dann langsam wieder aus und setzte ihr Alles-ist-gut-ich-habe-nichts-gehört-Gesicht auf. „Guten Tag."

Etwas sagte Hannah, dass der einzige Grund, warum Clark überhaupt in ihre Richtung blickte, die Tatsache war, dass er eine gute Erziehung genossen hatte. Selbst wütend, frustriert und irgendwie gegen seinen Willen hier, konnte er sie nicht gänzlich ignorieren. „Ich sehe nicht, was daran gut sein soll."

Die einzige Hoffnung, an die sie sich klammerte, war, dass ein kleiner Teil von ihm hier sein wollte, sich verbessern wollte. Vermutlich wäre er sonst gar nicht erst ins Auto gestiegen. Einige Dinge sollten besser ignoriert werden. „Patience ist bereit für dich. Sie ist mein persönliches Pferd. Ich habe sie von der Ranch meiner Familie in Hill Country hierher mitgebracht. Ich denke, sie wird dir gefallen."

Clark blickte von Hannah zu seiner Mutter und zurück. „Lass uns nach Hause fahren. Das ist dumm."

„Der einzige Weg, das wirklich herauszufinden, ist, es zu versuchen." Hannah klopfte leicht an die Autotür und trat einen Schritt zurück. „Komm mit und teste das Pferd wenigstens.“

„Ich möchte nach Hause.“

Ihm gut zuzureden, würde sie eindeutig nicht weiterbringen als seine Mutter. Jetzt freute sie sich ganz besonders, dass sie ihn mit dem Wettbewerb auf der Houston-Horse-Show locken konnte. „Soweit ich weiß, hast du die Fähigkeiten eines Athleten.“

Diese Bemerkung brachte ihr einen bösen Blick ein.

„Ich bräuchte noch einen guten Reiter in unserem Team.“ Wie sie gehofft hatte, sah er sie beim letzten Wort interessiert an. „Das wird der erste Wettbewerb, an dem unser Stall teilnimmt, und es wäre schön, wenn wir als Champions nach Hause kommen.“ Jetzt hatte sie seine volle Aufmerksamkeit. „Wenn du reinkommst, kann ich dir mehr darüber erzählen.“ Er bewegte sich nicht. „Natürlich, wenn du nach Hause willst ...“ Sie ließ ihre Worte ruhen und sprach ein stilles Gebet.

Als sein Blick von der Autotür zur Vorderseite des Büros wanderte, war sie sich sicher, dass er die Herausforderung annehmen würde, bis von einem Augenblick zum anderen zu sehen war, dass seine Angst über seine Neugier siegte. „Ich möchte nach Hause.“

„Offizier an Deck!“, rief Dale von hinten. Der Ausruf klang so schroff, dass sie einen Schritt zurücktrat. „Miss Farraday ist hier die Oberbefehlshaberin. Sie verdient den Respekt, der einem Offizier zusteht.“

Clark starrte ihn an. Das einzige Anzeichen, das er überhaupt zugehört hatte, war das Muskelzucken an seinem Kiefer.

Verdammt, Dale. Sie wollte ihm gerade Einhalt gebieten, um den Schaden rückgängig zu machen, als

Dale sich vor Clark positionierte.

„Hast du mich gehört, Matrose?“

Clarks Augen platzten beinahe heraus. „Ich bin kein –“

„Ich will keine Ausreden hören“, brüllte Dale. „Entweder du hast das Herz eines Kriegers oder du hast die Ehre nicht verdient, nach Annapolis zu gehen. Antreten. Sofort!“

Hannah hörte fast auf zu atmen, als Dale Clark befahl, auszusteigen. Sie wusste nicht, an wen sie sich zuerst wenden sollte. Zu ihrer Linken stand Mrs. Hampton mit großen Augen und zu ihrer Rechten Dale, der mit verschränkten Armen seine Autorität kundtat. Was sie fast übersehen hätte, war, dass Clark die Tür aufstieß und den Fuß seiner Krücke auf dem Boden stellte.

Mrs. Hampton musste genauso überrascht gewesen sein wie Hannah, da ihr Kiefer beinahe den Boden berührte.

„Sir, Ja, Sir.“ Clark stand steif vor Dale, wobei die Anstrengung, auf den Krücken zu balancieren, offensichtlich war.

Einen Moment lang glaubte sie, ein Funkeln der Besorgnis oder vielleicht Reue in Dales Augen zu sehen, doch bevor sie sich versah, kam der knurrende Drill-Sergeant wieder durch. „Wir haben nicht den ganzen Tag Zeit.“

Clark nickte und schwang sich auf der Krücke nach vorne.

„Ich habe dich nicht gehört“, bellte Dale.

Verblüfft brauchten alle einen Moment, um dem Kommentar zu folgen. Clark reagierte einen Augenblick früher als der Rest. „Jawohl.“

„Und …“, drängte Dale.

Eine weitere Sekunde der Verwirrung verging, bis Clark sich an Hannah wandte. „Ja, Ma’am. Tut mir leid, Ma'am."

In einer Reihe, mit Clark an der Spitze, wanderte die Parade in die Arena. Sie folgte Dale und biss sich buchstäblich auf die Zunge. Was zur Hölle war gerade passiert?

Clarks Schwerpunkt genau im Auge behaltend, war Dale weit genug entfernt, um dem Jungen Platz zu lassen und doch nahe genug, um einzuschreiten, sollte er die Balance verlieren. Er konnte auch spüren, wie Hannahs Augen ein wütendes Loch in seinen Rücken bohrten. Vielleicht würde er sich früher auf der Straße aus der Stadt wiederfinden, als sein Arzt erwartet hatte.

„Setz dich, während wir Patience holen." Hannah deutete auf eine Reihe von Stühlen an der Wand vor den Boxen. „Es dauert nur eine Minute."

„Ich hole sie." Dale machte einen Schritt, als er den scharfen Blick bemerkte, den Hannah ihm zuwarf, und scherte dann in großem Bogen nach rechts aus. Er hatte das Gefühl, dass die nächste Stunde sehr wohl die längste seines Lebens werden könnte.

Nach dem, was Mrs. Hampton erwähnt hatte, war Clark eine Prothese angepasst worden. Der Junge weigerte sich aber, sie zu tragen. Es war fast so, als ob er versuchte, seine eigene Genesung zu sabotieren. Andererseits *war* er nur ein Kind.

Nachdem das Pferd bereit war und Clark im Sattel saß, öffnete Hannah einen Riemen. „Lass uns deinen Gurt enger schnallen. So. Bist du bereit?"

Clark nickte kurz, blickte dann über seine Schulter zu Dale und drehte sich wieder zu Hannah um. „Ja, Ma'am."

Der Junge lernte schnell, aber dem eisigen Blick

nach zu urteilen, den Hannah Dale zuwarf, war sie nicht beeindruckt.

„Okay, sag Patience, dass sie weitergehen soll.“

Der Schüler tat, was ihm gesagt wurde, und das Pferd ging mit Dale auf der einen Seite und Hannah auf der anderen in die Arena.

Auf dem großen Platz an der Südseite der Arena angekommen, trat Hannah zurück. „Was machst du gerne zum Aufwärmen?“

Dale ging beiseite, während der junge Mann seine Arme rollte und ein paar andere Übungen vollführte, ähnlich denen, die er neulich gemacht hatte. Dabei sah er zu, wie Hannah Clarks Stärke und Fähigkeiten bewertete.

„In Ordnung, was möchtest du heute machen?“

Den größten Teil der nächsten Stunde ging Clark von einer Übung zur nächsten und zeigte seine Stärken und Schwächen. Hannahs Gesicht war unlesbar, obwohl sie den jungen Mann mit Lob überschüttete. Auf so ziemlich jede Übung folgte ein *gut, gut gemacht, ausgezeichnet* oder *sieht gut aus*. Nach der Stunde hatte er gehofft, einen enthusiastischeren Teilnehmer zu sehen, aber ehrlich gesagt spiegelte der Gesichtsausdruck des Jungen den gleichen leeren, wütenden Blick von zuvor wider, obwohl er eine Spur von Bedauern erkennen konnte, als es Zeit zum Absteigen war. Vielleicht gab es Hoffnung.

In den letzten paar Minuten der Sitzung war Catherine auf der anderen Seite des Tors gestanden und hatte zugesehen. Während Dale das Pferd zu seinem Stall zurückbrachte, um den Sattel abzunehmen, eskortierten Catherine und Hannah ihren neuesten Schüler aus dem Gebäude. Dale war noch nicht sehr weit gekommen, als er das aufgeregte Geschwätz der beiden zurückkehrenden Frauen hörte.

„Das wird so aufregend“, sagte Catherine.

„Jetzt weißt du, warum ich das mache."

„Ja. Ich habe das schon einmal gespürt. Aber jetzt scheint alles so real. Es ist wie das Hochgefühl, das ich habe, wenn ich einen wichtigen Fall gewinne. Das Recht für jemanden einfordere, der sich nicht selbst verteidigen kann. Ich dachte immer, nichts könnte es übertreffen. Jetzt bin ich mir nicht mehr so sicher."

„Ich weiß nur, dass ich mir nicht vorstellen kann, etwas anderes zu tun."

„Amen Schwester." Catherine umarmte Hannah fest. „Ich mache mich besser an die Arbeit, wenn wir das Ganze in ein paar Wochen aufgebaut haben wollen. Warte, bis Grace zurückkommt und herausfindet, wie viel Arbeit wir für sie angehäuft haben."

Zu Dales Überraschung betrat Hannah die Box, stellte sich auf die andere Seite des Pferdes und kümmerte sich mit ihm zusammen um Patience. Er hatte nicht erwartet, so leicht vom Haken zu kommen. Eigentlich hatte er sich auf eine heftige Standpauke gefasst gemacht. Obwohl alles, was sie bisher getan hatte, nichts als eine süße, angenehme Frau gezeigt hatte, sagte ihm das Feuer in ihrem Blick von zuvor, dass sie die Hölle losbrechen ließe, wenn sie wütend war. Und im Moment dachte er, sie wäre ziemlich wütend. Aber andererseits hatten Männer noch nie die Gabe besessen, Frauen zu verstehen. Vielleicht hatte er alles falsch verstanden.

Sie arbeiteten schweigend, bis sie fertig waren. Hannah führte Patience zum Scheunentor und schickte das Tier mit einem Klaps auf den Hintern zum Spielen auf die Weide.

Das Stampfen in Hannahs Schritten, als sie durch den Stall gingen, um das Gebäude zu verlassen, machte jedem, der zusah, klar, dass sie nicht glücklich war. Andererseits war sie Therapeutin, also war sie vielleicht eine von denen, die ihre Wut brodeln ließ, bis sie ihre eigenen Gefühle sortiert hatte, und dann ruhig und vernünftig über alles sprach.

Die Tür schloss sich hinter ihr. Sie hatten es bis zum Truck geschafft, als Hannah sich wie ein Wirbelwind umdrehte. „Was zum Teufel hast du dir dabei gedacht?"

KAPITEL SIEBZEHN

Hannahs Blut kochte. Es verlangte ihr alles ab, um wegen ihres *Freiwilligen* nicht zu explodieren. Das Letzte, was sie wollte, war, die Pferde zu beunruhigen. So war sie sich ziemlich sicher, dass Patience ihre Wut spüren konnte, obwohl sie versucht hatte, diese zu verbergen. Die meisten Pferde waren unglaublich sensibel, was sie zu so großartigen Therapiehilfen machte. Einige waren sogar zu sensibel. Sie versuchten, die Defizite ihrer Schüler auszugleichen, was den Schülern natürlich überhaupt nicht guttat. Und Hannah hatte Patience oder eines der anderen Pferde im Stall nicht mit einem Wutanfall aufregen wollen.

Aber jetzt, hier draußen auf dem Parkplatz, war alles möglich. Sie hatte ihre Wut so lange zurückgehalten, wie sie konnte, bevor sie sich umdrehte und mit dem Finger auf Dales Brust stieß. „Wer zum Teufel denkst du, dass du bist?"

Die solide Wand aus Muskel wich nicht zurück. „Jemand, dem das hier am Herzen liegt."

„Das gibt dir noch lange nicht das Recht, Do-it-yourself-Psychoanalyse bei meinen Schülern anzuwenden. Du hättest diesen Jungen noch mehr traumatisieren können. Ihn an einen Ort schicken können, von dem ihn keiner von uns wieder zurückholen könnte. Du hättest seine Situation um einiges schlimmer machen können. Und alles wäre auf mich zurückgefallen."

„Aber das habe ich nicht." Seine Augen blieben auf sie gerichtet. „Er hat getan, was du von ihm wolltest. Er ist aufgestanden, er ist reingekommen und er ist auf das Pferd gestiegen. Und im Gegensatz zu vielen Männern, die ich kenne, wird er seine Probleme überwinden."

„Großartig." Sie warf ihre Arme in die Luft und trat einen Schritt zurück, um einen beruhigenden Atemzug zu nehmen. „Ende gut, alles gut. Das genügt aber nicht, nicht in meinem Stall und schon gar nicht bei meinen Patienten." Ihre Hände ballten sich an ihrer Seite zu Fäusten. Es gab nicht genug Worte, um auszudrücken, wie wütend sie war. „Du besitzt die Frechheit, auf deinem Metallross und mit dem Ehrgefühl eines Weltverbesserers hier aufzutauchen, und denkst, du hättest alle Antworten. Ich bin diejenige mit der Ausbildung in Psychologie. Ich bin diejenige, die das beruflich macht. Ich bin diejenige, die mit Pferden aufgewachsen ist, und ich hatte wahnsinnige Angst, dass ich das vermasseln könnte."

„Glaubst du, ich hatte keine Angst?" Dale verminderte den Abstand zwischen ihnen. Seine Stimme wurde rauer, tiefer. „Ich habe keinen Abschluss in Psychologie, ich habe keine Therapielizenz, aber ich besitze Menschenkenntnis. Wenn man den Respekt von jemandem nicht hat, wird man nichts erreichen. Glaubst du, dass dein Blut jetzt kocht? Genauso fühlte ich mich, als ich sah, wie dieser Junge dich ignorierte, dich nicht respektierte. Du hättest von jetzt bis nächsten Donnerstag hier stehen können, und du hättest ihn nicht dazu überredet, hineinzugehen. Die Wut des Jungen ist größer als der ganze Bundesstaat Texas."

„Er ist nicht das erste oder letzte wütende Kind, mit dem ich es zu tun habe. So etwas wird nicht über Nacht geheilt, und vor allem nicht mit Geschrei und Einschüchterung. Es braucht Zeit, es braucht Geduld und es braucht Verständnis, wenn sich etwas ändern soll."

„Das ist richtig. Und manchmal ändern sich Dinge zum Schlechteren. Die Welt ist nicht wie in Pollyanna. Verdammt, Hannah, ich konnte nichts tun, um Peter vor sich selbst zu retten, aber ich kann verdammt noch mal etwas tun, um diesem Kind zu helfen!"

„Was?" Jetzt redete er Unsinn.

Er holte tief Luft, trat einen halben Schritt zurück, fuhr sich mit der Hand über den Nacken und trat wieder dicht an sie heran. „Nicht alles kann man mit Liebe und freundlichen Umarmungen und Schulterklopfen richten. Manchmal muss man für das kämpfen, was man will. Hart kämpfen. Manchmal braucht es Härte. Das Kind wurde lange genug mit Liebe und Freundlichkeit überschüttete. Es wurde lange genug um das Problem herumgeschlichen. Es wurde langsam Zeit für liebevolle Strenge."

„Und es geht schon wieder los. Wer zum Teufel denkst du, dass du bist, um so eine Entscheidung zu treffen?"

„Ein Mann, der acht Jahre im United States Marine Corps gedient hat. Ein Mann, der versteht, was Semper Fi bedeutet. Ein Mann, der versteht, was es bedeutet, niemanden zurückzulassen. Das ist nicht nur im physischen Kampf so. In den Augen dieses Jungen brennt der Hunger, einer von uns zu sein. Und heute habe ich ihm das gegeben. Zum ersten Mal seit langer Zeit hatte er die Wahl, sich wie ein Krieger zu verhalten oder sich darin zu suhlen, das Opfer zu sein."

„Er ist nur ein Kind. Was hättest du getan, wenn er nicht aufgestanden wäre? Wie wärst du mit einem noch verzweifelterem Kind umgegangen."

Dale beugte sich vor, ihre Gesichter waren nur Zentimeter voneinander entfernt. „Ich hätte mich auf dich verlassen."

Der Wechsel von der Macho-Allwissenheit zu der Erwartung, dass sie ihm den Rücken freihalten würde, brachte sie für einen Moment aus der Fassung. „Also gehst du einfach feuerspuckend drauf los und erwartest, dass ich dir folge und die Scherben wieder zusammensetze?"

„Ich sehe es eher als hart trifft weich. Ich besitze das Brüllen eines Löwen und du das Herz aus Gold."

„Das ist alles? Das ist deine Verteidigung?" Wieder stieß sie mit ihrem Finger gegen seine Brust. „Ich habe Neuigkeiten für dich. Mit erst laut bellen und später nachdenken, kommst du bei mir nicht weit."

Dale schloss die letzte Lücke zwischen ihnen. „Da bin ich mir nicht sicher."

Überrascht wegen seiner Nähe rang sie nach Luft und hielt den Atem an, als sein Mund auf ihren herabstürzte. Starke Hände zogen sie fest an sich und ließen ihr keine andere Wahl, als ihre Arme um ihn zu schlingen, um das Gleichgewicht zu halten.

Außer dass das Letzte, an was sie dachte, ihr Gleichgewicht war. Sterne tanzten vor ihren Augen und sie hätte schwören können, dass sie Musik im Hintergrund hörte. Sanfte süße Musik. Zu wissen, dass sie zurückweichen und die Verbindung kappen sollte, spielte keine Rolle. Ihre Lippen kribbelten, ihre Fingerspitzen wollten erkunden und ihre Zehen kräuselten sich in ihren Stiefeln. Wow. Wenn es das war, worum es beim Küssen ging, dann war sie noch nie zuvor geküsst worden.

Irgendwo in Dales Hinterkopf versuchte eine immer noch leise Stimme verzweifelt, ihn zum Aufhören zu bringen. Er sollte zurückweichen, sich zurückziehen, aber in diesem Moment war er sich nicht sicher, ob ihn das interessierte. Alles an Hannah in seinen Armen fühlte sich richtig an. Ihr Mund unter seinem war die perfekte Mischung aus süß und weich und hart und hungrig. Ein Grund mehr, warum er aufhören sollte, ob es ihm gefiel oder nicht.

Er ließ seine Hände an seine Seite sinken und schaffte es, einen kleinen Schritt nach hinten zu machen. Immer noch nah genug, um die Hitze zwischen ihnen zu spüren, holte er tief Luft und wich einen weiteren Schritt zurück. Er brauchte etwas Abstand. Denken war im Moment keine Option. Zumindest nicht mit klarem Verstand. „Es tut mir leid." Die Worte taumelten leicht.

Mit geschlossenen Augen, obwohl er etwas Abstand zwischen sie gebracht hatte, hob Hannah langsam ihr Kinn. Als sie ihm in die Augen blickte, war er entzückt, zu sehen, dass sich dieselbe Sehnsucht, die er verspürte, auch in ihren Augen widergespiegelte.

„Springt der Wagen nicht an?" Catherine kam aus dem Gebäude. „Soll ich euch nach Hause bringen?"

Hannah sprang zurück. Sie hatte denselben verängstigten Blick wie ein Reh, das im Scheinwerferlicht gefangen war. „Ähm, nein."

Als sie zum Wagen und dann zu Hannah blickte, zogen sich Catherines Augenbrauen verwirrt zusammen. „Habt ihr etwas vergessen?"

„Nein", antwortete Dale. „Wir haben gerade über Clark gesprochen."

Immer noch stirnrunzelnd blickte Catherine von Dale zurück zu Hannah.

„Wie wir seine Sitzungen handhaben sollen", sagte Hannah.

Catherine nickte langsam und zuckte dann mit den Schultern. „Nun, wenn ihr meine Hilfe nicht braucht, mache ich mich wieder an die Arbeit."

„Danke", hallte es von Hannah und Dale zurück. Beide blieben steif stehen, bis Catherine verschwunden war.

Hannah wusste nicht, was sie sagen sollte. Sie hatte den Kuss nicht erwartet, und sie hatte sicherlich nicht erwartet, so zu reagieren, wie sie es getan hatte. Das war ein Kerl, den sie erst seit ein paar Tagen kannte, und sie schmolz in seinen Armen dahin, wie Butter in einer Bratpfanne. „Wir fahren besser zurück zur Ranch."

Dale nickte nur und eilte dann um sie herum, um ihr die Fahrertür zu öffnen.

„Vielen Dank." Eigentlich wollte sie ihm die Autoschlüssel zuwerfen und zu Fuß zurück zur Ranch gehen. Frische Luft würde dabei helfen, ihre Gedanken zu sortieren. Weniger als einen Meter von dem Mann entfernt zu sitzen, der sie gerade mit seinem Kuss von den Socken gehauen hatte, würde nicht dazu beitragen, die Gefühle, die in ihr aufwallten, zu entwirren.

Sie behielt die Straße im Auge und war dankbar, dass zumindest die kurze Entfernung für eine schnelle Heimfahrt sorgte. Sie hielt vor dem Haus, stellte den Motor ab und sprang schnell aus dem Auto.

„Hör zu", Dale ergriff ihre Hand, bevor sie auf die Veranda treten konnte, „ich muss etwas sagen, bevor wir hineingehen und diese peinliche Stille für den Rest des Abends anhält."

Hannah nickte. Sie überlegte kurz, darauf zu bestehen, dass es keinen Grund zur Verlegenheit gab, aber das wäre eine glatte Lüge gewesen und das wussten sie beide.

„Es tut mir leid." Dale hing an ihrer Hand. „Vieles. Es tut mir leid, dass ich meine Grenzen überschritten habe, obwohl ich glaube, dass ich Recht hatte. Ich hätte zuerst mit dir sprechen und dir sagen sollen, was ich denke. Dich entscheiden lassen, wie du das handhaben willst."

Damit hatte sie nicht gerechnet. Seine Worte erwärmten ihr Herz genauso wie seine Hand ihr Blut erwärmte. „Vielen Dank."

„Und wegen dieses Kusses."

Die bloße Erwähnung ließ ihre Lippen wieder prickeln.

„Dafür sollte ich mich entschuldigen." Er schüttelte den Kopf. „Warte, lass es mich anders formulieren. Es tut mir nicht leid, dass ich dich geküsst habe. Aber der Zeitpunkt tut mir leid. Abgesehen von der Tatsache, dass du es verdienst, im Sonnenschein oder unter den Sternen geküsst zu werden, mit Rosen und Musik und nicht in der Hitze des Gefechts, passieren gerade zu viele Dinge in meinem Leben, die ich nicht mit dir teilen darf. Das ist mehr als alles andere der Grund, warum ich kein Recht hatte, dich zu küssen.

Wenn seine Worte dazu bestimmt waren, das gerade Geschehene beiseitezuschieben, hatten sie das komplette Gegenteil bewirkt. Im Moment wollte sie nichts mehr, als ihn noch einmal zu küssen. Und schrie das nicht geradezu nach Ärger?

KAPITEL ACHTZEHN

Widerwillig ließ Dale Hannahs Hand los. Er hatte nicht einmal das Recht gehabt, sie zu nehmen. Verdammt, da er Hannah erst seit ein paar Tagen kannte, hatte er kaum das Recht, mit ihr zu reden. Das Schlamassel, in dem er sich befand, und ein bevorstehendes Leben im Zeugenschutz, sollte niemand anderes die Beweise vorlegen, waren Grund genug, sich nicht einmal mit ihr anzufreunden. Auch wenn es dazu schon zu spät war.

Sie hatten die Hälfte des Abendessens hinter sich, als Dale klar wurde, dass es nicht üblich war, dass D.J. jeden Abend zum Abendessen auftauchte. Und laut Tante Eileen war es sogar noch ungewöhnlicher, dass er so früh zum Abendessen auftauchte. Er konnte es seinem Freund aber nicht verübeln, dass er die Situation selbst im Auge behalten wollte. Schließlich waren die Menschen, die er auf der Welt am meisten liebte, in Gefahr, wenn sie Dale in ihrem Haus versteckten.

Sean Farraday schluckte seinen letzten Bissen Kuchen hinunter. „Wann kommt Brooks heute Abend?"

„Gar nicht." Tante Eileen stand vom Tisch auf und nahm ihren Teller. „Nora kommt heute wegen der Blutuntersuchung. Sie sollte bald hier sein."

„Heute ist erst der dritte Tag", Dale nahm seinen leeren Teller, „und ich fühle mich schon wie ein

Nadelkissen.“

„Das glaube ich dir gerne, aber es ist der einzige Weg, um zu wissen, wann es dir gut genug geht, um weiterzufahren.“

Dale warf der Familienmatriarchin ein neckendes Grinsen zu. „Versuchst du schon, mich loszuwerden?“

Verwirrt weiteten sich Tante Eileens Augen und ihr Kiefer wurde schlaff, bis ihr klar wurde, dass er sie neckte. Sie verdrehte die Augen und schlug ihm leicht auf den Ellbogen. „Wenn es nach mir geht, darfst du gerne so lange bleiben, wie du möchtest. Aber wenn du mit diesem Gefährt bis nach China fahren möchtest, dann ist der einzige Weg dorthin, jeden Tag gepikst zu werden.“

D.J. trug seine Schüssel zur Spüle und blickte Dale an. „Was hat Brooks zu den gestrigen Bluttestergebnissen gesagt?“

„Nicht viel, eigentlich.“ Ohne nachzudenken, drehte Dale das Wasser auf und begann, das Geschirr abzuspülen. „Wir warten darauf, dass mein Warfarin-Spiegel hoch genug ist, dass ich die Heparin-Injektionen nicht mehr brauche. Laut dem gestrigen Bluttest sind wir noch nicht so weit. Aber er hat keine Andeutung gemacht, wie lange es noch dauern könnte.“

Hannah öffnete die Spülmaschine, um das vorge-spülte Geschirr einzuladen.

Tante Eileen drehte sich mit einem Teller in jeder Hand um und lächelte. „Ist das nicht ein herrlicher Anblick. Emsige Menschen, die das Geschirr abräumen, und ich gehöre nicht dazu.“

Hannah sah von der Spülmaschine auf und winkte ihrer Tante zu. „Sieh dir was im Fernsehen an oder spiel Karten mit Onkel Sean. Der Rest von uns kann sich heute Abend um die Küche kümmern.“

Für eine kurze Sekunde sah ihre Tante so aus, als würde sie widersprechen wollen, aber sie reichte

Hannah nur das Geschirr und marschierte langsam ins Wohnzimmer.

Während D.J. weiteres Geschirr vom Tisch herüberbrachte, packte Finn die Reste in Glasbehälter, um sie im Kühlschrank zu stapeln. Dale füllte die leeren Töpfe zum Einweichen mit warmem Seifenwasser und Hannah griff nach dem alten Radio, das, solange sie sich erinnern konnte, auf dem Küchenregal gestanden war. Sofort erklang einer ihrer Lieblings-Country-Songs, und sie sang leise mit.

„Du hast eine schöne Stimme." Dale drehte den Wasserhahn ab, um sie besser hören zu können.

D.J. stellte den letzten Teller in die Spüle. Als er mit einem Schwamm zum Tisch zurückgekehrt war, summte er mit Hannah mit. „Das ist ein Ohrwurm. Wie heißt das Lied?"

„Bin mir nicht sicher." Hannah zuckte mit den Schultern. „Ich mag den Refrain, wo es heißt: *If you were mine I'd always be there.*"

„*Wenn du mein wärst, wäre ich immer bei dir.* Das packt dich irgendwie und lässt dich nicht mehr los." D.J. hielt inne und lauschte.

Finn stellte den letzten Lebensmittelbehälter in den Kühlschrank und konzentrierte sich ebenfalls auf das Lied. „Definitiv einer dieser Songs, die ich mich in den nächsten Wochen vor mich hin summen sehe. Wer singt ihn?"

„Eine neue Gruppe." Hannah hängte den Spüllappen an einen der Schrankgriffe. „Ihr Name ist *Tow the Line.*"

Finn und D.J. erstarrten. Nur der erschrockene Blick in ihren Augen deutete an, dass etwas nicht stimmte. Sofort zückte D.J. sein Handy und fing an zu tippen.

„Stimmt etwas nicht?", fragte Hannah.

D.J. wischte über das Display und dann stieß er

einen tiefen Seufzer aus, als er das Handy so drehte, dass Finn es sehen konnte. „Das ist sie. Glaubst du, Ethan weiß das?"

„Ethan?" Hannah drückte sich um ihre Cousins herum, um auf das Display des Telefons zu blicken. Auf den ersten Blick fiel ihr nichts auf. Sicherlich nichts, was ihr Cousin, der seine letzten Monate auf dem Marines-Stützpunkt in Kalifornien beendete, wissen müsste. „Ich verstehe das nicht. Was schaue ich mir an?"

„Ich musste ein bisschen graben, aber eine der Backup-Sängerinnen ist Fancy Langdon."

„Und?"

„Sie ist Brittanys Mutter."

Hannah musste kurz nachdenken. Warum war das wichtig? „Ist das eine große Sache?"

Finn zuckte mit den Schultern und sah seinen Bruder an. „Was denkst du?"

„Ich weiß es ehrlich gesagt nicht." D.J. sah wieder auf den Bildschirm. „Aber ich denke, wir sollten besser mit Ethan reden."

Dale trat auch neben D.J.. „Irgendwas, wobei ich helfen kann?"

„Du kannst nichts tun, was ich nicht auch könnte."

Hannah blickte von Dale zu D.J. und dachte über die seltsame Antwort nach. „Gibt es etwas, was ihr zwei mir nicht sagen wollt?"

D.J. rieb über seine Augenbrauen. „Wann kommt Grace nach Hause?"

„Samstagmorgen. Warum?"

„Nur so. Aus Neugier." D.J. fuhr sich mit einer Hand über seinen Nacken.

Nicht, dass Hannah D.J.s Antwort eine Minute lang geglaubt hätte, aber sie war noch weniger geneigt, ihm zu glauben, als er Brooks anrief und nach draußen verschwand.

Hannah blickte Finn an. „Ist er wegen Fancy oder Grace so aufgebracht?"

Ihr Cousin schüttelte den Kopf, und obwohl er nicht gefragt wurde, lächelte Dale und zuckte mit den Schultern.

Eine seltsame Reaktion für jemanden, der nichts wissen sollte. Oder tat er das doch?

Als die Küche aufgeräumt war und D.J. immer noch auf der Veranda stand, entschied Dale, dass ein wenig frische Luft angebracht war. „Ich glaube, ich gehe raus und vertrete mir die Beine."

Finn nickte, aber Hannah blickte mit zusammengekniffenen Augen misstrauisch durch das Fenster zu D.J. und dann wieder zu ihm, bevor sie ebenfalls nickte.

„Ich verstehe. Aha. In Ordnung." D.J. zog seine Augenrauen zusammen. „Wir müssen es wohl darauf ankommen lassen. Danke, Brüderchen."

„Keine guten Neuigkeiten?"

„Das kommt ganz darauf an. Brooks ist mit deinen Fortschritten im Allgemeinen zufrieden."

„Ich höre da ein *aber*."

D.J. nickte. „Er geht davon aus, dass du noch ein paar zusätzliche Tage hierbleiben musst."

Dale ließ sich in den nächsten Schaukelstuhl fallen. „Ich bin mir sicher, dass ich die Injektionen auch woanders bekommen kann."

„Zu riskant." D.J. schüttelte den Kopf.

„Nicht wirklich. Niemand weiß, dass ich ein Gerinnsel bekommen habe und Heparin nehme."

D.J. stieß einen Seufzer aus. „Hast du etwas Neues von der Staatsanwaltschaft gehört?"

„Nichts, was du hören willst."

„Nun", D.J. blickte seinem Freund in die Augen und seufzte, „wenn sich nichts geändert hat, können wir nur abwarten. Mal sehen, wie lange wir das geheim halten können."

Ein Teil von ihm wusste, dass D.J. Recht hatte. Die Wahrscheinlichkeit war ziemlich gering, dass irgendjemand nach ihm suchte, und selbst wenn, wäre eine Rinderfarm nicht der erste Ort, an dem man suchen würde, egal ob sein alter Partner der Polizeichef der Stadt war. Aber ein anderer Teil wollte sich so weit wie möglich von dieser netten Familie entfernen, um jede Chance zu vermeiden, ihnen Schaden zuzufügen. Besonders einer davon. „Bist du sicher?"

„Ich bin mir bei gar nichts nicht sicher, aber es ist das, was wir fürs Erste tun." D.J. drehte sich um, um die Fliegengittertür zu öffnen. „Kommst du?"

„Nein. Es war ein langer Tag. Ich denke, ich werde noch eine Weile hier sitzenbleiben."

Mit einem Nicken betrat D.J. das Haus und die Fliegengittertür schlug hinter ihm zu.

Eine Sache, die Dale am Sonnenuntergang in West-Texas und an der Tatsache, dass er so weit von einer Großstadt entfernt war, liebte, war das Funkeln der hellen Sterne am Himmel. Er starrte in die Ferne, beobachtete, wie die Sonne den Horizont küsste, und wartete darauf, dass es dunkel wurde, als er einen Druck an seinem Bein spürte.

Ein weiteres Gerinnsel war das erste, was ihm in den Sinn kam, aber dann spürte er einen Stoß und ein Klopfen an seinem Knie und blickte nach unten. „Na, wie geht es dir heute?"

Ein leises Grummeln, das weder ein Jammern noch ein Bellen war, drang von dem pelzigen Welpen zu ihm.

„Du bist ein Redner, oder?" Er kraulte den Welpen unter dem Kinn. „Ich glaube, du hast vielleicht auch ein bisschen Husky in dir.“

Der Welpe umkreiste sein Bein und stieß dann Dales Hand mit seiner Nase an.

„Ich frage mich, wo deine Mama ist?“ Er kraulte den Welpen weiter hinter seinen Ohren und suchte die Gegend nach der Mutter ab. „Ich schätze, du bist heute Abend alleine.“ Er sollte daran denken, die Familie nach dem Namen dieses Burschen zu fragen, und ob noch mehr zu dem Wurf gehörten.

Das Fellknäul rollte sich neben Dales Fuß zusammen, legte sein Kinn auf seine Stiefel und genoss ausgiebig das Kraulen. „Ich wette, du gibst mir etwa zwei oder drei Stunden, um damit aufzuhören, oder?“ Dale war sich nicht ganz sicher, aber er dachte, der Hund öffnete ein Auge und sah zu ihm auf, bevor er sich wieder hinlegte.

Dale genoss den entspannten Moment mit dem Welpen fast so sehr, wie der kleine Hund, weshalb er wegen eines Geräusches seines Handys erschrak. Normalerweise war er derjenige, der sich bei der Staatsanwaltschaft meldete, und niemand sonst hatte die Nummer. Der unerwartete Anruf hatte ihn in Alarmbereitschaft versetzt. Nicht, dass er erwartet hätte, dass seine Feinde ihn hier auf der Ranch gefunden hätten. Trotzdem stand er auf, ging zum Rand der Veranda und suchte den Horizont in alle Richtungen ab, während er ans Telefon ging. „Ja?“

„Ich dachte, es würde Sie interessieren“, sagte die Staatsanwältin locker, „der Handlanger, der beobachtet hat, wie Joe abdrückte, liegt auf der Intensivstation.“

„Offenbar war er entbehrlich.“

„Gut möglich. Wie auch immer, wir haben doppelte Wachen abgestellt. Wenn er aufwacht, können wir ihn vielleicht mit Aussicht auf Zeugenschutz auf unsere Seite bringen“

Im Zeugenschutz unterzutauchen war höchstwahrscheinlich die einzige Möglichkeit für diesen Kerl, am Leben zu bleiben, wenn der Mob ihn tot sehen wollte. „Wie stehen seine Chancen aufzuwachen?"

„Fünfzig-fünfzig. Wenn Sie an Gott glauben, fangen Sie an zu beten."

Darin hatte er viel Übung. „Danke für das Update."

„Dale?" Ihre Stimme wurde etwas leiser. „Ich werde Sie nicht im Stich lassen."

„Ich Sie auch nicht." Er beendete das Gespräch und steckte das Telefon in seine Brusttasche. Hoffentlich würden Glück und ein Gebet ausreichen.

KAPITEL NEUNZEHN

Geduldiges Warten gehörte nicht zu Hannahs Stärken, es sei denn, sie hatte es mit einem Schüler zu tun. Sie hatte mit dem Rest der Familie fast eine halbe Stunde im Wohnzimmer darauf gewartet, dass Dale wieder hereinkam. Schließlich hatte sie aufgegeben, so zu tun, als würde sie irgendeine Sendung im Fernsehen ansehen. Mit einer lahmen Entschuldigung, dass sie zur Scheune gehen würde, machte sie sich auf den Weg nach draußen.

Auf den ersten Blick sah sie Dale weder auf der Veranda noch auf dem Weg und fragte sich, ob er in die Scheune gegangen war. Dann bemerkte sie rechts vom Pfad eine Bewegung. Mit den Händen in den Taschen und dem Rücken zu ihr, starrte Dale in die Ferne.

Da sie mit zwei älteren Brüdern aufgewachsen war, verstand sie das Konzept der Männerhöhle. Wenn einer ihrer Brüder oder einer ihrer Cousins verärgert war, zogen sie sich normalerweise in etwas zurück, das sie gerne alleine machten. Wie es aussah, war dies eine dieser Zeiten für Dale. Aber etwas tief in ihrem Inneren erlaubte ihr nicht, sich umzudrehen und allein ins Haus zurückzugehen. Stattdessen ging sie vorsichtig die Stufen hinunter und den Weg entlang. Sie hatte erst die Hälfte geschafft, als er sich zu ihr umdrehte.

„Ich hatte gehofft, dass du es bist."

Sieben kleine Worte und sie musste den Drang

unterdrücken, wie ein Idiot zu grinsen. „Ich war nicht sicher, ob ich stören sollte."

„Ich beobachte den Sonnenuntergang und die Sterne. Das ist etwas, das in Gesellschaft immer besser ist." Er warf ihr ein süßes Lächeln zu, das fast ihre Knie zum Schmelzen brachte. „Hier ist alles so friedlich."

„Du meinst nicht wie das Leben in der Stadt?" Der Mann war so verschlossen in Bezug auf sein jüngstes Leben, dass all diese Geheimniskrämerei sie allmählich aus der Fassung brachte.

„Sowas in der Art." Er richtete seine Aufmerksamkeit wieder nach vorne. „Wovon träumst du?"

Wieder einmal war er ihrer Frage ausgewichen. Warum hatte sie sich die Mühe gemacht? Mit einem stummen Seufzen gab sie seiner Frage nach. „Meinst du, wenn ich schlafe oder wenn ich daran denke, im Lotto zu gewinnen."

Der Kommentar entlockte ihm ein Kichern und einen Blick in ihre Richtung. „Okay, ein Traum – ein Lottogewinn. Und wenn du an den Rest deines Lebens denkst, was stellst du dir vor?"

„Das ist eine schwierige Frage." Sie musste einen Moment innehalten. „Ich denke, ich habe immer an kurzfristige Ziele gedacht. Beende die Schule, beende die Ausbildung, mache den Führerschein, finde feste Arbeit." Diesmal sah sie kurz in die Ferne, bevor sie sich wieder zu ihm umdrehte. „Langfristig – etwas zu bewegen. Meinen Schülern zu einem besseren Leben zu verhelfen. Den Menschen zu helfen, die durchs Raster gefallen sind."

„Den Clarks dieser Welt?", fragte er.

„Ja und nein. Versteh mich nicht falsch, ich möchte Clark unbedingt helfen. Aber es gibt einige Leute da draußen, die keine Mütter und Väter mit guter Versicherung oder soliden Bankkonten haben. Es gibt

Männer und Frauen und leider auch Kinder, die verletzt und gebrochen und vielleicht sogar verlassen wurden. Wenn nicht körperlich, dann emotional. Und es gibt einige, die in ihrer eigenen Verzweiflung ertrinken. Es sind diese Menschen, die Leute brauchen wie meinen Cousin Connor, seine Frau, Grace, mich, und alle anderen, die ihnen beistehen wollen."

Dale lächelte sie an und neigte leicht den Kopf, als würde er sie dadurch deutlicher sehen. „Du bist wirklich erstaunlich. Das dachte ich mir schon, als ich dich das erste Mal bei der Arbeit mit den Pferden gesehen habe, und bei der Art und Weise, wie du mit deiner Familie und heute mit deinen Schülern umgingst. Du bist eine ziemliche beeindruckende Frau."

Ihre Familie hatte ihr so etwas schon immer gesagt. Natürlich hatte sie auch jeder Typ im College, der ihr an die Wäsche wollte, mit Schmeicheleien überhäuft. Doch seine Komplimente kamen ohne Bedingungen. Nur aus Freundschaft. „An mir ist nichts Besonderes."

„Da liegst du falsch. Du bist wunderschön, innerlich und äußerlich."

Hitze stieg ihr in die Wangen. Sie musste das Gespräch in andere Bahnen lenken. „Was ist mit dir? Was sind deine Träume?"

„Bis vor kurzem dachte ich, ich hätte keine Träume mehr."

Sie wartete kurz darauf, dass er noch etwas sagte, entschied aber, dass er ein wenig Anstoß brauchte. „Hat sich etwas verändert?"

„Vielleicht." Er drehte sich zu ihr, um sie ganz anzusehen. „Sieht so aus, als würde ich länger bleiben, als wir dachten."

Der Anflug eines Hochgefühls wegen der Chance, mehr Zeit mit ihm verbringen zu können, verpuffte bei dem Gedanken an den Grund. „Stimmt etwas nicht?"

„Nein. Ich brauche nur mehr Zeit, damit die Medizin wirkt, damit ich die Spritzen nicht mehr brauche."

War es furchtbar falsch von ihr, sich darüber zu freuen, dass die Medizin so lange brauchte, um zu wirken? „Bleibst du hier oder gehst du zurück ins Bed-and-Breakfast?"

„Hier." Er griff nach unten und nahm ihre Hand. „Hast du etwas dagegen?"

Sie schüttelte den Kopf. Sie mochte es, so nah bei ihm zu sein und das Gefühl ihrer Hand in seiner zu spüren. Wahrscheinlich mehr als sie sollte.

„Du weißt genug über mich, um zu wissen, dass mein Leben gerade … kompliziert ist. Es gibt Dinge, die ich gerne mit dir teilen würde, aber ich kann nicht. Trotzdem will ich, dass du weißt, dass – du – dieser Ort", er zeigte mit dem Arm in Richtung Haus, „und diese Familie etwas ganz Besonderes sind. Ich werde euch alle immer schätzen."

Ein ekelhaftes Gefühl breitete sich in ihrer Magengrube aus. „Das klingt furchtbar ominös." Was auch immer er verheimlichte und welche Verbindung er auch zu D.J. hatte, ihr Bauchgefühl sagte ihr, dass nichts davon gut war.

„Sieht für mich so aus, als würden sich die beiden überaus gut verstehen." Eileen spülte ihr Glas aus und stellte es in die Spülmaschine. Sie hatte Hannah und Dale den ganzen Abend aufmerksam beobachtet. Heute hatte sich etwas verändert. Sie konnte jedoch nicht genau sagen, was. In einem Augenblick dachte sie, es gäbe mehr Abstand zwischen ihnen und im nächsten schien es mehr Vertrautheit zu geben. Beides ergab keinen Sinn.

„Das war so viel einfacher, als der Hund noch in der Nähe war", murmelte sie vor sich hin.

Sean stellte sich neben sie und hob den Deckel des Kuchentellers. „Ich würde mir keine Sorgen um sie machen. Hannah hat einen klugen Kopf auf ihren Schultern. Sie weiß, dass er nicht lange hierbleiben wird."

Nur dass Eileen sich nicht um Hannahs Kopf Sorgen machte. „Weißt du, was genau zwischen D.J. und Dale vor sich geht?"

Seans Kiefer verkrampfte sich. Nach all den Jahren erkannte sie schnell, wenn er innerlich zerrissen war.

„Du hast versprochen, nichts zu verraten", sagte sie leise.

„Habe ich." So wie er sie musterte, wusste sie, dass er daran dachte, dieses Versprechen zu brechen.

„D.J. hat dir gesagt, warum er sich hier draußen versteckt?"

Sean zögerte, nickte aber.

„Es ist ernst? Streich das. Dumme Frage. Ist es gefährlich?"

Ihr Schwager presste seine Lippen fest zusammen und stieß dann einen Seufzer aus. „Gerade nicht, aber es könnte gefährlich werden. Je weniger Details wir wissen, desto besser für alle, besonders für Dale. Das ist der Grund, warum ich zugestimmt habe, dir oder den Kindern nichts zu sagen."

Wenn Sean Farraday ein Geheimnis vor seiner ganzen Familie hatte, musste dieses Geheimnis etwas Großes sein. Sie blickte aus dem Fenster zu den beiden Personen, die zum Haus zurückgingen. Gott, wie sie hoffte, dass das, was alle verheimlichten, Hannah nicht das Herz brechen würde.

„Es ist alles geregelt." Catherine holte Dale und Hannah in der Nähe der hinteren Veranda ein. „Ich habe fast ununterbrochen daran gearbeitet, seit Clark zugestimmt hat, mitzumachen."

„Die Spiele?", fragte Hannah.

Catherine hielt einen Ordner hoch und grinste über beide Ohren. „Alles. Wir sind für die Veranstaltungen in Houston angemeldet. Und ich habe in drei Wochen ein langes Wochenende für unsere lokale Veranstaltung geblockt."

„Du warst fleißig."

Catherine trat auf die Veranda und nahm ein paar Seiten aus der Akte. „Ich habe an Flyern, Anmeldeformularen und Marketingplänen gearbeitet." Sie schob die Seiten zurück in die Mappe. „Es hat sich so einfach ergeben. Ich habe mit Grace telefoniert und sie ist Feuer und Flamme. Deine Cousine ist unglaublich. Sie redet von Zeitungen, Fernsehinterviews und so weiter. Wir werden eine großartige Publicity bekommen."

Dale hielt allen die Hintertür auf.

„Und", fuhr Catherine fort, ohne Luft zu holen, „ich habe bereits handschriftliche Einladungen für die Spenderliste erstellt, die du mir gegeben hast."

„Spenderliste?" Hannah musste etwas verpasst haben.

„Ja. Es war Grace' Idee. Wir werden die Spiele in ein Fundraising-Mittagessen verwandeln. Ein großes Barbecue mit Preisen und viel Spaß. Gibt es einen besseren Weg, diesen Leuten die Möglichkeit zu geben, aus nächster Nähe zu sehen, was wir tun?"

Hannah starrte auf die Flyer, die Catherine auf dem Tisch ausgebreitet hatte. Einer nach dem anderen umkreisten die Farradays den Tisch und reichten die Flyer herum. *Oohs* und *Aahs* hallten durch den Raum. Innerhalb weniger Minuten unterhielten sich alle aufgeregt. Sie würden das wirklich durchziehen.

Catherine blickte Dale an. „Ich hoffe, du kannst bei uns bleiben."

Überraschung tauchte auf seinem Gesicht auf. „Nun, ich kann sicherlich den Rest dieser Woche helfen."

„Wenn wir neben Melody und Clark noch mehr Schüler involvieren wollen, brauchen wir ein paar Freiwillige." Catherine blickte Tante Eileen an. „Und ich dachte, dass der Ladys Club ein guter Anfang sein könnte."

Tante Eileen rieb sich die Hände. „Oh, ich denke, das wird lustig. Und ich wette, die Schwestern würden auch Spaß daran haben, zu helfen. Sie müssen sich vielleicht abwechseln, aber sie würden es sicher lieben."

Aus dem Augenwinkel bemerkte Hannah, wie D.J. Dale eindringlich anstarrte. All ihre harte Arbeit, Dale auf der Ranch zu verstecken, würde den Bach runtergehen, wenn sich die halbe Stadt freiwillig meldete. Wenn das kein kleines Dilemma war?

KAPITEL ZWANZIG

„**B**in ich mit dem Mischen dran?“ Ruth Ann blickte nach links und dann nach rechts. „Wer hat gerade gegeben?“

„Ich.“ Meg warf Dorothy ihre Karten zu. „Tante Eileen gibt und Dorothy mischt. Du bist die Nächste.“

„Verstanden.“

„Frau“, kicherte Dorothy, „man könnte meinen, du hättest statt einer Woche ein Jahr lang keine Karten gespielt.“

„Hey“, Ruth Ann zuckte mit den Schultern, „mit jedem neuen grauen Haar verliere ich ein paar Gehirnzellen. Außerdem ist es ewig her, dass wir unter der Woche nicht kartengespielt haben. Es dauert nicht lange, um aus der Übung zu kommen.“

„Ha“, bellte Eileen, „so weit kommt’s noch!“

Als Ruth Ann dieses Mal mit den Achseln zuckte, lag ein schelmisches Funkeln in ihren Augen. Die Frau konnte einfach nicht bluffen.

„Whoa“, pfiff Nora leise. „Hat jemand in der Stadt im Lotto gewonnen und es uns nicht gesagt?“

Alle Köpfe drehten sich um, um zu beobachten, wie ein weißer Lincoln Continental einparkte. Als eine Frau vom Rücksitz ausstieg, waren alle Augen auf sie gerichtet.

„Als ob das Auto nicht schon Hinweis genug gewesen wäre, aber diese Frau stammt definitiv nicht aus der Umgebung.“ Sally May verfolgte jede

Bewegung der Frau.

„Gott", flüsterte Nora, „das ist eine Prada-Handtasche."

„Wahrscheinlich echt", warf Meg ein.

Eileen betrachtete die schwarze Handtasche. „Bist du sicher?"

„Es ist unmöglich zu sagen, ohne hineinzuschauen, aber ich vermute, dass jemand, der sich ein Auto für Fünfundsiebzigtausend leisten kann und auf dem Rücksitz mitfährt, keine Fälschungen auf Ebay kaufen muss."

Die besagte Frau zog ihre Jacke aus und reichte sie dem Fahrer. Ein paar Worte wurden gewechselt und dann glitt sie über den Gehweg zur Tür.

„Auf jeden Fall echt", stimmte Meg zu.

Sally May blickte der Frau hinterher, als sie davonging. „Wie kannst du das von hier aus sagen?"

„Weil sie einen Hosenanzug von St. John trägt."

Ruth Ann legte ihre Karten hin und verschränkte die Arme. „Möchte mir jemand verständlich erklären, was ihr damit sagen wollt?"

„Sie wollen sagen", wandte sich Sally May an ihre Freundin, „dass das Outfit dieser Frau mehr kostet als ein Preisbulle."

Ruth Ann pfiff eine Oktave lauter als Nora.

„Ich frage mich, was zum Teufel sie hier macht?" Eileen konnte sich nicht vorstellen, dass diese Dame eine Touristin war, die daran interessiert war, die Geisterstädte in der Nähe zu besuchen.

„Glaubst du, es hat etwas mit Joannas Buch zu tun?", fragte Dorothy.

Eileen schüttelte den Kopf. „Sie ist in Dallas, um sich auf die Hochzeit des Jahrhunderts vorzubereiten. Das sollte jeder, mit dem sie zusammenarbeitet, wissen."

„Außerdem", mischte sich Meg ein, „scheint nach

Joannas Aussagen ihre Lektorin eine nette durchschnittliche Frau in unserem Alter zu sein. Diese Lady sieht aus, als wäre sie die Gewinnerin eines Jackie-Onassis-Lookalike-Wettbewerbs."

In dem Moment, in dem die Glocke über der Restauranttür klingelte, machten sich Eileen und der Rest des Ladys Clubs daran, ihre Karten auszubreiten, Chips in den Pot zu werfen und dabei so auszusehen, als hätten sie die Fremde nicht angestarrt. Eileen und Meg saßen als einzige in Richtung Tür. Meg spähte gerade rechtzeitig über den Rand ihrer Karten, um zu sehen, wie Abbie, die Cafébesitzerin, mit dem neuen Gast sprach und nach hinten zeigte. Der einzige Tisch in diesem Bereich, an dem Leute saßen, gehörte ihnen.

„Sie kommt hierher", murmelte Nora mit zusammengebissenen Zähnen und einem falschen Lächeln.

„Entschuldigen Sie", sagte die sanfte Stimme, die nicht klang, wie Eileen erwartet hatte. „Welche von den netten Ladys ist Margaret Farraday?"

„Das wäre ich." Meg stand auf.

„Oh gut. Ich habe bei Ihrem Etablissement angehalten und auf dem Zettel steht, dass Sie hier zu finden sind."

„Ja. Suchen Sie ein Zimmer?"

Die Frau lächelte, als ob es einen Insiderwitz zwischen ihnen gäbe. „Das könnte man sagen. Ich habe eine Reservierung."

„Reservierung?" Meg stieß sich vom Tisch ab und holte ihr Handy heraus. „Es tut mir furchtbar leid, ich kann mich nicht an eine …" Sie ging um den Tisch herum, um sich neben ihren Gast zu stellen. „Wie ist Ihr Name?"

„Marie Stewart."

Megs Kopf schoss hoch. „Oh, je. Ich habe Ihre Ankunft für die Capaill-Pferdeshow und die Spiele in zwei Wochen eingetragen."

Ein tiefes Stirnrunzeln zog die Brauen der Frau zusammen, als auch sie ihr Handy hervorholte und anfing zu tippen. „Entschuldigen Sie einen Moment." Sie trat zwei Schritte vom Tisch weg, drehte sich um und sprach in ihr Telefon. „Audrey, was steht heute in deinem Kalender? … Ähm … ich verstehe … Und in zwei Wochen? Okay, du rufst besser Herb und Nancy an und sagst ihnen, dass ich es heute Abend nicht zum Abendessen schaffe. Schick ihnen eine Kleinigkeit als Entschuldigung."

Meg blickte zu ihrer Tante, und Eileen wurde sofort klar, weswegen sie sich Sorgen machte. Wenn diese Lady wegen der Pferdespiele hier war, musste sie eine der Spenderinnen sein, und die Ställe waren aktuell erbärmlich schlecht auf eine Führung vorbereitet.

„Ausgezeichnet, Melody. Sehr gut." Hannah musste zugeben, dass das breite Grinsen des Mädchens bei jeder noch so kleinsten Errungenschaft genug war, um jedem den Tag zu versüßen. „Das war's für heute."

Melodys Mutter stand auf der anderen Seite des Arenators und lächelte ihre Tochter stolz an. „Sie macht sich so gut bei dir."

„Danke. Das ist schön zu hören." Hannah öffnete den Riegel am Tor und hielt es Dale offen, damit er Melody zurück zu den Aufstiegshilfen führen konnte. „Sie ist schon so aufgeregt wegen der Pferdeshow."

„Ja, das ist sie. Ich kann Ihnen nicht genug dafür danken, dass Sie das alles auf die Beine gestellt haben."

„Gern geschehen."

Melody kam die Holzrampe heruntergeeilt. „Patience ist ein gutes Pferd, Mama."

„Ja, das ist sie."

„Miss Catherine hat auf dem Tisch drinnen einen kleinen Snack für dich." Hannah zeigte auf den Loungebereich bei den Büros. Neulich hatte Catherine bei einer von Melodys Unterrichtsstunden bemerkt, dass Melody auf den Müsliriegel auf ihrem Schreibtisch geschaut hatte, weshalb etwas zu Essen nach dem Unterricht jetzt die Norm für alle Schüler war, wenn sie das wollten. Melodie wollte.

„Ich kümmere mich um Patience." Dale lächelte sie an.

Die Arbeit der letzten Tage mit den Pferden und den neuen Schülern war ein unglaubliches Hoch für Hannah gewesen, aber Dale um sich zu haben, war einfach das i-Tüpfelchen. Der Kerl hatte einen großartigen Sinn für Humor, und obwohl er anscheinend Geheimnisse für sich behalten musste, besonders über seine jüngste Vergangenheit, liebte sie seine Geschichten über seine Kindheit mit seinem militärisch strengen Vater und seiner Hippie-Mutter. Einige waren ein wenig herzzerreißend, aber die meisten waren einfach nur lustig. Zum Beispiel, als er ungefähr drei Jahre alt war und seiner Mutter entkam und bei einer formellen Beförderungszeremonie laut *Daddy* rufend zu seinem Vater lief.

„Wir haben noch Zeit, bis Clark hier ist." Sie kraulte das Pferd hinter dem Ohr. „Ich werde helfen."

Ihre Belohnung war ein weiteres strahlendes Lächeln und ein zwitscherndes Telefon. „Hallo." Hannah stellte den Anruf auf Lautsprecher.

„Wir müssen uns beeilen", sagte Tante Eileen am anderen Ende der Leitung.

Hannah blieb abrupt stehen. „Was?"

„Hör zu. Diese Lady, Marie Stewart, war auf dem Weg zur Ranch –"

„Was?" Hannah wirbelte herum und suchte die Ställe ab.

„Ich sagte, hör zu. Sie hat ihre Termine durcheinandergebracht. Wir dachten, so wie sie gekleidet ist, muss sie eine dieser Spenderinnen sein, die ihr umgarnt."

Das war eine Untertreibung. Hannah eilte Dale und Patience hinterher.

„Also, ich habe ein paar Anrufe getätigt. Meg verschafft uns etwas Zeit, indem sie Marie zu Vormittagstee und Scones ins Bed-and-Breakfast bringt."

Hannah legte das Telefon auf einen Balken und griff nach einer Bürste. „Scones?"

„Brötchen. Was auch immer!" Tante Eileens Frustration war laut und deutlich zu hören. „Hörst du endlich auf, mich zu unterbrechen?"

„Es tut uns leid." Sie verdrehte die Augen gen Himmel und wünschte sich, ihre Tante würde ein oder zwei Kapitel überspringen und zum Epilog gelangen.

Dale hörte auf, den Huf des Pferdes auszukratzen und richtete sich neben ihr auf, drückte ihr einen süßen Kuss auf die Wange und flüsterte dann: „Tut mir leid. Man kann dir nur schwer widerstehen, wenn du so ein süßes Gesicht machst."

Sie unterdrückte ein breites Grinsen, bürstete den Hintern des Pferdes und versuchte, sich auf den Anruf ihrer Tante zu konzentrieren.

„Bist du da?", fragte Tante Eileen.

„Ja, tut mir leid. Was hast du gesagt?"

„Der Ladys Club ist auf dem Weg zum Stall. Frank macht ein paar Briskets und Abbie bringt sie später mit seinem Senfkartoffelsalat vorbei. Toni packt alle Törtchen – die mit Alkohol – ein, die sie vorrätig hat. Die Leute klammern sich nicht so sehr an ihr Scheckbuch, wenn sie etwas beschwipst sind."

Seit dem Vorfall mit Tonis verstorbenem Ehemann neigte der Gedanke an beschwipste Törtchen dazu, die

Farraday-Brüder zu verunsichern. Hannah hatte sich noch nicht entschieden. Aber so wie es sich anhörte, würde sie nun wohl die Chance dazu bekommen.

„Ich habe verlauten lassen, dass wir uns sputen müssen. Mein nächster Anruf gilt Catherine. Ich weiß nicht, wie viele eurer Schüler wir kurzfristig hierherbringen können –“

„Wofür?“

„Darauf komme ich jetzt.“ Sie konnte fast hören, wie ihre Tante mit dem Fuß auftippte. „Wir werden diese Pferdeshow veranstalten. Ihr werdet euch alle so gut wie möglich vorbereiten. Ich habe Finn und Connor gesagt, sie sollen die Tribünen mitbringen, die wir für die Ranchspiele verwenden. Die Leute machen noch mehr Essen und die Schwestern haben den Laden geschlossen und bringen Dekorationen mit.“

„Tante Eileen, langsam.“

„Dafür ist keine Zeit!“ Ihre Tante schnaubte laut genug, um in Jerusalem gehört zu werden. „Wir können das schaffen. Lass Dale bei den Tribünen helfen. Catherine wird sich um die Telefonate kümmern. Die Brady Jungs und ein paar der Rankins und Stacy werden die Teilnehmerzahl aufstocken.“

Wenn irgendjemand anderes auf der Welt ihr diesen Plan erzählt hätte, hätte Hannah sie in psychiatrische Behandlung bringen lassen, aber da es sich um Tante Eileen handelte, rollten Hannahs Gedanken bereits vorwärts. „Ich werde Melody bitten, zu bleiben. Ich wette, sie wird die Gelegenheit lieben, und Clark kommt in einer Stunde oder so. Ich wette, er ist auch dabei.“

„Siehst du!“ Tante Eileens Enthusiasmus war ansteckend. „Wir werden diese Frau von den Socken hauen und dann wird sie uns mit Geld überschütten.“

Das oder unseren gesamten Businessplan an einem Nachmittag torpedieren.

Dale ließ das Kratzeisen in einen Eimer in der Nähe fallen und stellte sich neben Hannah. Es fiel ihr immer schwerer klar zu denken, wenn er ihr so nahe war.

„Das war's", sagte Tante Eileen mit ruhigerer Stimme. „Mach dich an die Arbeit. Hab dich lieb, kleines Mädchen."

„Hab dich auch lieb." Hannah griff nach dem Telefon und steckte es in ihre Tasche.

„Es hört sich so an, als hätten wir Arbeit bekommen." Dale berührte sie nicht, und doch wärmte das Feuer in seinen Augen sie von innen heraus.

Sie nickte. „Ich mache hier fertig. Du gehst besser Onkel Sean und Finn helfen. Wir haben etwas weniger als eine Stunde, bevor du dich rarmachen musst."

An seinen fest zusammengepressten Lippen konnte sie Dales Gedanken fast zu einfach ablesen. Es gefiel ihm nicht, sich verstecken zu müssen. Sie wusste immer noch nicht, vor was, aber sie hatte genug über ihn erfahren, um zu wissen, dass es etwas wesentlich Ernsteres sein musste als ein paar ausstehende Strafzettel."

„Es ist okay. Geh", sagte sie.

Dale zögerte einen Moment, bevor er nickte und durch das Haupttor trottete.

Was Hannah nicht wusste, war, ob es schwierig sein würde, ihn zum Gehen aufzufordern, wenn sie wusste, dass er nicht zurückkommen würde?

KAPITEL EINUNDZWANZIG

Die ganze Idee war verrückt, aber die Farradays schienen es durchziehen zu können. Die transportablen Tribünen waren im Handumdrehen auf der Ladefläche des Pick-up Trucks verladen.

„Wie geht's dem Bein?", fragte Finn.

Dale blickte nach unten. Er hatte sein Bein ganz vergessen. Tatsächlich hatte er nach einer Woche auf der Ranch sogar vergessen, dass er vor nicht allzu langer Zeit in einem Krankenhausbett auf der Intensivstation um sein Leben gekämpft hatte. „Blendend."

Sowohl Connor als auch Finn zeigten mit dem Daumen nach oben.

„Dann legen wir los. Wir können die zusätzliche Arbeitskraft zum Entladen gebrauchen, aber die Leute sollten hier ziemlich bald wie Ameisen herumwuseln."

Eher sogar als sie gedacht hatten. Sie hielten an der hinteren Seite der Arena an, in der sich schon zehn oder fünfzehn Frauen befanden, die wie, nun ja, eine Ameisenkolonie herumwuselten. Das Gute war, dass alle so auf ihre Arbeit konzentriert zu sein schienen, dass niemand einen zusätzlichen Mann in Jeans und Stiefeln bemerkte. Natürlich trug der Hut, der sein Gesicht beschattete, wahrscheinlich auch dazu bei.

Den Kopf gesenkt haltend, war der Truck in einem Bruchteil der Zeit entladen, die sie zum Beladen gebraucht hatten.

„Huhu." Eine kleine, stämmige Blondine mit ebenso hoher wie breiter Frisur und einem gesichtsbreiten Grinsen rannte winkend und rufend, so schnell ihre kleinen Beine sie tragen konnten, durch die Arena.

Dale war der Meinung, er würde mehr Aufmerksamkeit auf sich ziehen, wenn er sich aus dem Staub machte, also drehte er sich um, packte den Werkzeugkasten und zog in der Hocke die Ösen und Bolzen an der ersten Tribüne fest.

„Wir haben ein paar Banner und wir brauchen ein paar von euch starken, gutaussehenden Männern, um auf die Leitern zu klettern." Die Frau holte zwischen den Worten ein paar Mal tief Luft.

„Natürlich, Sister." Sean deutete auf seine Söhne. „Warum helft ihr beiden Sister nicht und wir machen hier fertig."

„Jawohl."

„Sister", rief eine andere weibliche Stimme.

„Ja, Sissy?"

Sissy? Dale musste sich umdrehen und einen Blick riskieren.

Eine große, schlanke Rothaarige schrie auf halbem Weg durch die Arena: „Frag sie, ob sie einen Tacker haben. Ich habe unseren vergessen."

„Okie dokie, Sissy."

Mit den Werkzeugen in der Hand vergrub Dale seinen Kopf unter der Tribüne. Sister und Sissy. Er war sich nicht sicher, ob er mehr darüber wissen wollte oder nicht. In der nächsten Stunde ging er mit eingezogenem Kopf durch Türen, nahm den langen Weg um Gebäude herum, um beim Sammeln von Vorräten zu helfen, und tat sein Bestes, um hilfsbereit, aber ungesehen zu bleiben. Als D.J.s schwangere Schwägerin ihre Finger an die Lippen legte und so laut pfiff, dass sie damit die Polizei von Dallas hätte alarmieren können und *Ankunft in fünfzehn Minuten* verkündete, wusste Dale, dass es an der Zeit war, sich ernsthaft zurückzuziehen. „Ich bin in den Ställen, falls mich jemand braucht."

„Danke, Kumpel." Finn schlug ihm auf die Schulter. „Einer von uns kommt bald und hilft dir."

„Kein Problem. Ich kann anfangen, Sättel und Zaumzeuge vorzubereiten."

„Klingt nach einem Plan."

Dale blieb einen Moment stehen, um sich in der Arena umzusehen. Der Ort sah aus wie das Poster für ein Rodeo. Es war fantastisch. „Unglaublich", murmelte er.

„Ja." Finn lächelte und nickte. „Du solltest die Stadt in einer echten Krise sehen."

„Ich kann es mir gut vorstellen."

„Sie sind hier", ertönte es aus der Ferne und Körper begannen in alle Richtungen zu rennen. Ein paar Teenager kamen an ihm vorbei und führten Pferde, die bereits gesattelt und reitbereit waren, hinaus. Als er sich in die andere Richtung drehte, entdeckte Dale einen Pferdeanhänger. Er war so vertieft gewesen, die Stadt zusammenkommen zu sehen, dass er nicht bemerkt hatte, dass die Pferdeanhänger vorfuhren und die Teenager genauso hart arbeiteten wie die Erwachsenen.

Es waren nicht nur die Farradays, die Material für eine Sitcom aus der Mitte des Jahrhunderts waren. Die Einwohner der ganzen verdammten Stadt hätten Figuren in einem dieser Country-Musical sein können. Wenn D.J. so aufgewachsen war, verstand Dale nicht, warum der Mann um alles in der Welt überhaupt bei der Großstadtpolizei gewesen war. Jeder Narr konnte sehen, dass er hierher gehörte.

Weitere Autotüren schlugen zu und Dale brauchte eine Sekunde, um aufzublicken. Weißer Lincoln. Das musste die Geldgeberin sein, wegen der in letzter Minute dieses kleine Wohltätigkeitsevent zusammengeschustert wurde. Er konnte das Gesicht der Frau nicht sehen, aber er erkannte Geld aus fünfzig Meter Entfernung. Und diese Frau stank danach.

Dale wich der ankommenden Menschenmenge aus und schlüpfte durch die Seitentür hinaus, um den langen Weg in die Ställe zu gehen. „Lasst die Show beginnen.“

„Marie.“ Mrs. Hampton warf ihre Arme um ihre Freundin. „So schön dich zu sehen.“

Kichernd umarmte die potenzielle Spenderin ihre Freundin und trat dann kopfschüttelnd zurück. „Ich kann nicht glauben, dass ich die Termine durcheinandergebracht habe.“

„Nun, zumindest wirst du Clark in Aktion sehen und etwas von der Arbeit, die diese Leute vollbringen können.“

„Ja“, Marie Stewart nickte. „Ich weiß, dass Hannah hier großartig ist.“ Die Frau sah sich in der Arena um, blickte dann hinauf zu den Dachbalken und schließlich hinaus auf die Weide. „Und es sieht so aus, als hätte sie einen Ort gefunden, der ihren Talenten würdig ist.“

Ellbogen in Ellbogen marschierten die beiden Frauen plaudernd und lachend zum VIP-Bereich.

„Sie ist wirklich sehr nett.“ Meg beugte sich näher zu Hannah

„Oh, ja. Du solltest sie mit Kindern sehen. Sie muss im Vorstand jeder Wohltätigkeitsorganisation für Kinder und Frauen in Nord-Texas sitzen. Sie ist immer Vorsitzende irgendeines Komitees oder veranstaltet eine Gala oder Auktion. Ich sehe ihren Namen die ganze Zeit in den Zeitungen. Großartige Frau.“ Hannah war ein wenig nervös gewesen, als sie Mrs. Stewart das erste Mal getroffen hatte. Ihr Ruf war ihr vorausgeeilt und da Hannah zu hundert Prozent ein Mädchen vom Lande war und diese Frau offensichtlich zur High Society gehörte, war sie mehr als nervös gewesen. Aber von Anfang an hatte Mrs. Stewart dafür gesorgt, dass sie sich wohlfühlte.

„Wir sollten besser mit der Show beginnen. Grace Farraday, mehrmalige Junior-Barrel-Racing-Gewinnerin, und Finn Farraday, lokaler Rodeo-Champion, werden die Gastjuroren sein."

Jeder von Hannahs Schülern sowie ihre Nichte Stacey, einer der Rankins und ein paar der Bradys durchliefen den Reitkurs. In der Arena zeigten mehrere Reiter gleichzeitig, wie gut sie mit den Pferden umgehen und wie gut sie vom Schritt in den Trab übergehen und kehrt machen konnten. Alle strahlten mit ihren gewonnenen Bändern.

Um die Fähigkeiten der Capaill-Pferde zu zeigen, veranstalteten Connor und ein paar Rancher aus der Nachbarschaft eine kleine Show für Mrs. Stewart. Aber die Krönung war das letzte Event mit Clark. Der Junge zeigte mehr als adaptives Reiten, er zeigte alles, was er konnte. Sogar mehr als Hannah erwartet hatte. Er musste sich bei ihr zurückgehalten haben. Da war sie sich sicher. Auf einem englischen Sattel führte er eine Springdemonstration durch und trabte über niedrige Querschienen. Ohne die Verwendung von Steigbügeln zur Unterstützung seiner Füße erforderten solche Sprünge sowohl eine hervorragende Balance als auch starke innere Oberschenkelmuskeln, damit der Reiter nicht vom Rücken des Pferdes flog. Clark hatte perfekt abgeliefert. Es war beeindruckend anzusehen gewesen, und als er fertig war, war das gesamte Publikum, einschließlich Marie Stewart, auf den Beinen.

„Fantastisch." Marie Stewart klatschte wie verrückt. „Können wir zu ihm?"

„Klar können wir", antwortete Clarks Mutter schnell und wandte sich dann an Hannah. „Richtig?"

„Natürlich." Selbst wenn die Frau um Erlaubnis gebeten hätte, nackt durch die Arena zu flitzen, hätte Hannah es erlaubt.

„Komm schon." Adele Hampton ging voraus von der Tribüne und dann durch die Arena, wobei sie den ganzen Weg ohne Unterbrechung redete.

„Da bist du ja." Marie Stewart blieb neben dem Sohn ihrer Freundin stehen. „Du hast unglaubliche Arbeit geleistet. Ich könnte nicht stolzer auf dich sein, wenn du mein Sohn wärst."

„Danke." Clark sagte nicht viel, aber Hannah konnte die Befriedigung in seinen Augen sehen, den Ausdruck, seine Ängste besiegt und gemeistert zu haben.

„Gute Arbeit sollte immer belohnt werden." Marie Stewart zog ihre Hand aus ihrer Tasche und warf dem jungen Mann eine Silbermünze zu. „Dobro, Clark. Dobro."

„Wow. Ein Silberdollar von Neunzehnhundert-fünfunddreißig." Clarks Stimme wurde über den Gehweg getragen, sodass Dale sie hören konnte.

Dale wirbelte auf der Stelle herum und durchsuchte den überfüllten Stall auf der anderen Seite nach dem Geber der Münze. Das einzige Gesicht, das er nicht erkannte, war die Brünette mittleren Alters in dem teuren roten Anzug, die bei ihrer Ankunft aus dem Lincoln gestiegen war. Die Worte aus ihrem Mund hatten sich in Dales Gedächtnis eingebrannt. Als die Dame in Rot die fremde Formulierung ausgesprochen hatte, hatte sich ihre Stimme gesenkt. So tief, dass er, selbst so nahe und ohne Türen zwischen ihnen, nicht hätte unterscheiden können, ob ein Mann oder eine Frau sie ausgesprochen hatte, hätte er die Frau nicht gesehen. Aber es bestand kein Zweifel. Es war dieselbe Stimme.

Heilige Scheiße. Er hatte den Kopf einer der gefährlichsten Verbrecherorganisationen in Nord-Texas mitten im Nirgendwo gefunden. Er musste schnell handeln. Dieses Mal war die Aufnahmefunktion seines Handys nicht eingeschaltet, und niemand würde glauben, dass Marie Stewart, Liebling der Wohltätigkeitsorganisation, die Anführerin des Famiglia-Syndikats war.

Verdammt, er war sich immer noch nicht sicher, ob er es selbst glaubte. Von all den möglichen Optionen wäre es das Beste, wenn Hannah die Frau beim Gespräch aufnehmen würde. Die heutige Spracherkennung war so ausgefeilt, dass man sie höchstwahrscheinlich mit der Aufzeichnung abgleichen könnte, die er bei der Schießerei gemacht hatte.

Dale wandte sich dem Teenager in der Kabine zu und senkte die Stimme. Er musste D.J. und die Staatsanwältin informieren, ohne Aufmerksamkeit auf sich zu ziehen. „Ich muss los. Schaffst du das, oder muss ich jemanden bitten, dir zu helfen?"

Der Junge sah ihn an, als hätte Dale gefragt, ob Männer in Texas Cowboystiefel tragen, bevor er nickte. „Ja, natürlich."

Dale holte sein Telefon hervor, drückte auf die Kurzwahl und trat aus der Box, wobei er einen letzten Blick auf die Frauen warf, die sich immer noch fröhlich auf der anderen Seite unterhielten. Gerade als er sich umdrehte, um aus dem Gebäude zu rennen, fiel Marie Stewarts Blick auf ihn.

Scheiße.

KAPITEL ZWEIUNDZWANZIG

Die Veranstaltung hatte sich von innerhalb der Arena auf das Feld hinter Connors Haus verschoben. Der Ladys Club hatte mit Hilfe von Frank und Abbie genügend Tische aufgestellt, um den Großteil von West-Texas zu ernähren. Und die Schwestern hatten rot karierte Tischdecken, Servietten, Pappteller und Plastikbesteck für alle Gäste bereitgestellt.

„Und Sie haben das alles in ein paar Stunden auf die Beine gestellt?" Marie Stewart stand mit dem Teller in der Hand da und dachte über ihre Entscheidungen nach.

„Es war eine Gruppenleistung", gab Hannah freimütig zu. „Sie wissen ja, was man sagt, es braucht ein ganzes Dorf."

Marie lachte. „Das kenne ich nur zu gut." Die Frau schaufelte ein bisschen Kartoffelsalat, ein Stück Brisket, ein bisschen hiervon und ein bisschen davon auf ihren Teller, während ihre Augen die ganze Zeit über die Leute an den umliegenden Tischen und die herumwandernden Erwachsenen und Kinder schweiften.

Hinter dem Desserttisch stellte Abbie ein großes Tablett ab, öffnete den Deckel und lächelte den Ehrengast an. „Das Leben ist kurz, meine Damen. Fangen Sie mit dem Nachtisch an."

„Diese Idee gefällt mir." Mrs. Hampton ging direkt

zum Blaubeerkuchen. „Die sehen alle wunderbar aus, aber ich stehe einfach auf Blaubeeren."

„Dann haben Sie Glück. Frank, mein Koch, hat ihn heute Morgen frisch gebacken."

„Oh, dann sollten wir definitiv zuschlagen." Hannah nahm sich einen Teller und belud ihn ausgiebig. „Franks Kuchen ist ein Traum."

„Man lebt nur einmal." Marie Stewart nahm einen zweiten Teller und hielt ihn Abbie zum Füllen hin. „Haben Sie auch Schlagsahne?"

„Es geht nicht ohne."

Marie sah sich immer noch beiläufig um, während Abbie die selbstgemachte Schlagsahne auf den Kuchen löffelte, und drehte sich schließlich zu Hannah um. „Also, wer war der Mann der heute Nachmittag in den Boxen hinter Clarks Pferd gearbeitet hat?"

„Tut mir leid", stach Hannah auf ihren Kuchen ein, „den habe ich nicht bemerkt. Heute helfen einige Leute aus der Umgebung."

„Ich verstehe."

„Ich frage mich, ob Sie den ehrenamtlichen Helfer meinen. Wie war sein Name?", sagte Mrs. Hampton. „David. Ich habe gesehen, wie er im Stall geholfen hat."

„David?", wiederholte Marie. „Arbeitet er schon lange hier?"

„Eine Weile." Hannah antwortete ehrlich. Eine *Weile* gab viel Spielraum für Interpretation. „Er ist großartig mit den Kindern."

„Da muss ich zustimmen." Mrs. Hampton schwenkte ihre Gabel in der Luft. „Er war großartig mit Clark. Ohne David würde Clark immer noch auf dem Vordersitz des Autos sitzen und mir Kummer bereiten."

„Sie haben so eine hervorragende Einrichtung. Und offensichtlich auch das passende Support-Personal." Mrs. Stewart nahm einen Bissen vom Nachtisch. „Oh mein Gott. Sie haben keinen Witz gemacht. Das ist der beste Blaubeerkuchen, den ich je hatte.“

„Im Namen von Frank“, sagte Abbie, „danke ich Ihnen.“

„Sagen Sie Frank auf jeden Fall, dass ich gesagt habe, dass er mir vorzüglich schmeckt. Und ich werde eines Tages zurückkommen, vielleicht schon in zwei Wochen für die echten Wettkämpfe.“

„Wir würden uns freuen, Sie wiederzusehen“, sagte Hannah.

„Eigentlich hätte ich nichts dagegen, diesen David persönlich kennenzulernen. Marie spielte mit ihrem Kuchen.

Hannah war sich nicht ganz sicher, was sie davon halten sollte. Dale war ein gutaussehender Mann, der jeder atmenden Frau auffallen würde. Und sie hatte mehr als eine Geschichte über reiche Frauen und ihre jungen Spielzeuge gehört. Obwohl es ihr schwerfiel, sich Dale als das Spielzeug von irgendjemandem vorzustellen. „Ich fürchte, ich habe ihn den ganzen Tag nicht gesehen. Aber ich werde sie definitiv das nächste Mal bekanntmachen.“ *Lügen, Lügen und nochmals Lügen*

„Eigentlich“, warf Mrs. Hampton ein, „glaube ich, dass ich gesehen habe, wie er drüben ins Haupthaus gegangen ist.“

„Nun, egal. Nächstes Mal ist auch gut.“ Marie Stewart lächelte.

Hannah war eine relativ vertrauensvolle Person, aber etwas in Mrs. Stewarts Tonfall sagte ihr, dass *nächstes Mal* alles andere als gut sein würde.

„Bist du dir absolut sicher?“, sagte D.J. am anderen

Ende der Telefonleitung.

Dale war darauf vorbereitet gewesen. „Mehr als absolut. Ich sage dir, diese Stimme kann man nicht verwechseln. Und sie benutzte genau die gleiche Formulierung wie die Person, die mit Joe sprach. Ich bin davon genauso überrascht wie du, glaub mir „Ich kann mich draußen nicht zeigen, oder ich riskiere, entdeckt zu werden. Sie hat mein Gesicht bereits gesehen. Wahrscheinlich wird es nicht lange dauern, bis sie sich sicher ist, dass ich nicht wirklich tot bin und David, der ehrenamtliche Helfer, Dale Johnson ist, Hauptzeuge der Anklage.“

„In Ordnung. Ich werde Hannah abfangen und sie dazu bringen, Mrs. Stewarts Stimme ohne ihr Wissen aufzunehmen. Dann werde ich meine Deputys in Alarmbereitschaft versetzen. Falls sie nicht weiß, wer du bist, ist heut ein ganz normaler Tag. Aber falls sie dich erkannt hat, will ich nicht mit heruntergelassener Hose erwischt werden.“

Dale schnappte sich eines der Törtchen von einem großen Tablett auf der Theke. „Ich werde meinen Kopf unten halten, darauf kannst du dich verlassen.“

„Ich gehe besser nach meiner Cousine und der Spenderin suchen. Halt mich auf dem Laufenden, was die Staatsanwaltschaft sagt.“

„Wird gemacht.“ Die Staatsanwältin war die nächste auf Dales Anrufliste.

Die Hintertür öffnete sich langsam und Brooks‘ Frau Toni betrat die Küche. „Ich schwöre, ich verbringe mehr Zeit im Badezimmer als in jedem anderen Raum im Haus.“

„Kein Problem.“ Dale lächelte und wartete, bis sie das kleine Bad neben der Küche betreten hatte. Als sie die Tür hinter sich zuzog und das Schloss verriegelte, drehte er sich weg und hämmerte erneut eine vertraute Nummer.

„Keine Neuigkeiten“, sagte die Staatsanwältin ohne Einleitung.

„Deswegen rufe ich nicht an. Ich weiß, wer der Kopf unserer Organisation ist.“

„Wer?“

„Sie sollten nicht weiterreden“, ertönte eine tiefe, jetzt vertraute Stimme von der anderen Seite des Raums. „Legen Sie das Handy hin und schieben Sie es in meine Richtung.“ Marie Stewart stand, abgesehen von der Waffe in ihrer Hand, tadellos gekleidet da.

Dales Gedanken galoppierten zu Toni im Badezimmer. Nicht bereit, eine verirrte Kugel zu riskieren, tat er wie ihm geheißen, legte das Telefon auf den Boden und trat es quer durch die Küche.

„Welch ein unverhoffter Zufall.“ Marie stampfte mit ihrem Tausend-Dollar-Absatz hart auf das Telefon. „Von all den Pferdeställen im Bundesstaat entscheiden Sie sich, genau für den zu arbeiten, dem ich einen Besuch abstatte.“

„Da hatten Sie wirklich Glück.“ Er könnte etwas von diesem Glück gebrauchen, um sie aus der Nähe von Toni und dem Badezimmer zu manövrieren.

Sie schlenderte langsam nach links und näherte sich ihm – und der Badezimmertür.

„Wenn Sie hier drin mit der Waffe feuern, wird die ganze Stadt angerannt kommen.“

Marie warf einen Blick zur Hintertür, durch die er sie nicht kommen gehört hatte. „Meine Limousine steht vor der Tür.“

Verdammt. So sehr ihm die Vorstellung widerstrebte, ihr den Rücken zuzukehren, er wollte nach draußen und weg von Toni.

„Ah, ah“, zischte die Frau. „Langsam. Ich will ihr Ge–“

„Oh mein Gott!“, ertönte aus dem winzigen Badezimmer.

Bevor Marie sich dorthin umdrehen konnte, woher der Schrei kam, flog die Tür auf und traf sie genau in dem Moment am Arm, als brüllendes Gelächter durch die Hintertür hereindrang und der Türknauf in synchronisierten Rhythmus gegen die Wand knallte. Eine einzelne Kugel aus Maries Waffe löste sich und sauste über Dales Kopf hinweg in die Wand hinter ihm.

„Meine Fruchtblase ist geplatzt", kreischte Toni. „Jemand muss Brooks anrufen!"

Dale stürzte nach vorn, während Marie wieder aufstand und die Waffe in seine Richtung drehte. „Nicht so schnell, Freundchen."

„Ein Baby!" Eine Frau mit langen grauen Haaren, die zu einem schlampigen Pferdeschwanz zurückgebunden waren, schrie: „Unser erstes Enkelkind!"

Eine andere größere Frau, die nicht bemerkte, dass Marie nur ein paar Meter entfernt mit einer Waffe stand, eilte an Tonis Seite. „Liebes, du musst dich setzen." Die Frau blickte zur Arbeitsfläche hoch. „Um Himmels willen, Ruth Ann, stell das Tablett ab. Die Törtchen können warten."

„Aber Sally May, die Gäste warten. Eileen sagte, es ist sehr wichtig."

Eine zierliche Frau mit kurzen braunen Locken rannte an der Dame mit dem Tablett vorbei an Tonis andere Seite. „Ruth Ann, wenn du die Törtchen unbedingt rausbringen musst, dann hol um Himmels willen Brooks, während du draußen bist."

„Halt!" Marie wirbelte herum und richtete die Waffe auf die schwangere Frau. „Niemand bewegt sich oder ich schieße."

„Ich hätte es selbst nicht besser ausdrücken können."

Marie wandte sich nach links, wo ihr die gefährlichen Enden einer polizeilichen Handfeuerwaffe und drei langläufiger Gewehre ins Gesicht starrten.

Eigentum von D.J., Tante Eileen, Grace und Hannah.

Kopfschüttelnd hob Tante Eileen ihr Kinn in Richtung der Frauen, die sich in der Küche drängten. „Steh nicht einfach da Ruth Ann. Geh und hol Brooks!“

KAPITEL DREIUNDZWANZIG

„Ihr Leute seid verrückt", schrie Marie die Armee von Frauen an, die mit ihren Gewehren auf sie zielten.

„Vielleicht", Tante Eileen setzte ein breites Grinsen auf, „aber es schadet nie, sich daran zu erinnern, dass Rancher geladene Waffen griffbereit haben und wissen, wie man sie benutzt."

„Und die könnt ihr jetzt weglegen." D.J. deutete auf den Waffenschrank weiter den Flur hinunter. Dann drehte er sich um und riss an Maries Armen, sodass sie in Dales Richtung blickte. „Möchtest du die Ehre haben?"

Dales strenger Gesichtsausdruck spiegelte den von D.J. wider. Er nickte, trat vor und ergriff den Arm der Frau. „Sie haben das Recht zu schweigen. Alles, was Sie sagen, kann und wird vor Gericht gegen Sie verwendet werden …"

„Hier wird es wirklich nie langweilig. Vor einer Stunde kam ich von einer Geschäftsreise nach Hause und wurde in eine Reitshow hineingezogen, von der ich nichts wusste, nur um danach meinen Bruder bei einer Razzia zu helfen." Grace übergab D.J. ihr Gewehr und winkte Dale zu. „Und, Dale, was machst du hier?"

„Du kennst ihn?", fragte Hannah.

„Natürlich tue ich das." Grace deutete auf ihren Bruder. „Er war früher D.J.s Partner. Erinnerst du dich? Der im Krankenhaus nach dem Autounfall?"

Tante Eileen schlug sich mit der Hand auf die Stirn. „Natürlich. Wieso habe ich nicht gleich daran gedacht? Jetzt ergibt alles einen Sinn."

Vielleicht ein paar Dinge.

Officer Reed kam von hinten herein. Brooks flog durch den Raum und kam mit quietschenden Sohlen vor seiner Frau zum Stehen. „Geht es dir gut?"

Toni tätschelte seine Brust. „Nicht schlecht, wenn man bedenkt, dass ich schon fast den ganzen Nachmittag Wehen habe."

„Oh mein Gott, stimmt!" Ruth Ann kreischte erneut: „Unser erstes Enkelkind!"

Plötzlich waren alle Fragen über Dale und Marie vergessen. Sally May ging nach links, Dorothy nach rechts und Grace und Tante Eileen kollidierten auf dem Weg zu Toni. Für Hannah waren die nächsten paar Minuten eher verschwommen, auch wenn sie gerade eine geladene Waffe auf eine Frau gerichtet hatte, die sie für eine der nettesten Damen der Welt gehalten hatte.

„Nun, steht nicht einfach da. Bringen wir sie in die Stadt." D.J. führte die Menschenmenge aus dem Haus.

Wie Ameisen bei einem Picknick zerstreute sich die Familie in verschiedene Richtungen und Fahrzeuge.

„Wir kümmern uns hier um alles und treffen euch später in der Stadt", versicherte Sally May.

„Kommst du mit?", rief Tante Eileen Hannah über die Schulter zu.

„Ich werde nachkommen." Ihre Aufmerksamkeit galt Dale. Nachdem die Gefangene sicher auf dem Rücksitz verstaut war, machte Dale einen Schritt von der Tür weg, klopfte aufs Dach und sah zu, wie Reed davonfuhr.

Sie bewegte sich nicht. Erst als der Streifenwagen unter dem neuen schmiedeeisernen Schild hindurchgefahren war, drehte Dale sich um und ging auf sie zu.

Er sah erschöpft aus. Während er beobachtete, wie ein Auto nach dem anderen davonfuhr und beschleunigte, ging er zu ihr und kam vor ihr zum Stehen. „Wie geht es Toni?"

„Auf dem Weg, ein Baby zu bekommen."

„Aber es geht ihr gut?"

Hannah nickte.

Eine Sekunde lang blickte er noch über ihre Schulter, dann zog er sie wortlos in seine Arme. „Ich hatte wahnsinnige Angst, dass Toni und dem Baby etwas passieren würde. Aber als du mit dem Gewehr reinkamst und Marie sich umdrehte, hatte ich noch mehr Angst, dass sie lieber in einem Feuergefecht sterben würde, als verhaftet zu werden. Es gibt kein Wort für diese erbärmliche Angst, die mich umklammerte, weil ich dachte, sie könnte dich mitnehmen." Sein Griff um sie festigte sich und sie vergrub ihr Gesicht in seiner Schulter.

„Deine Angst ist wahrscheinlich dem Schock sehr ähnlich, der mich durchfuhr, als mir klar wurde, dass Tante Eileen uns hinter D.J. ins Haus rennen ließ, um Rambo mit deinem Leben zu spielen."

Dale kicherte. „Sie würde einen guten Rambo abgeben. Ich bin ein bisschen überrascht, dass D.J. sie nicht zurückgehalten hat."

„Du kennst Tante Eileen nicht. Wir haben gerade durch das Fenster gesehen, was los war, als D.J. sich dem Haus näherte. Der Plan war gewesen, sie zu umzingeln, bevor jemand verletzt wurde, aber dann bekam Toni Wehen und …"

„Ja, aber ich will nie wieder sehen, dass du so ein Risiko eingehst." Er lehnte sich gerade weit genug zurück, um ihr in die Augen zu blicken „Versprichst du das?"

„Heißt das, du bleibst lange genug hier, um zu sehen, ob ich mein Versprechen halte oder nicht?"

Er zog sie wieder fest an sich. „Ich bin mir nicht sicher, wie viel du herausgefunden hast. Aber kurz gesagt, ich muss nach Dallas zurück und gegen ihre rechte Hand wegen Mordes aussagen und gegen sie, weil sie den Befehl dazu gegeben hat. Danach sollte, Marie Stewart und der Großteil ihrer Organisation eine lange Zeit im Gefängnis verbringen. Wenn alles so läuft, wie geplant, kann jederzeit sein, wo auch immer ich will.

Eine Reihe kurzer, hoher Bellgeräusche ertönte, kurz bevor ein vierbeiniges Fellbündel mit voller Wucht in Hannahs Hinterbeine preschte.

„Na, wer ist das denn?" Sie beugte sich vor, um den Welpen zu streicheln.

Dale hockte sich neben sie. „Ist das nicht deiner?"

„Meiner?"

„Ja, er kam abends raus, um mich bei dir zu besuchen. Ich dachte, er gehört zu einem Wurf eurer Hunde."

„Wir haben aktuell keinen Wurf."

„Er ist normalerweise mit seiner Mutter hier." Dale sah sich um und deutete hinter Hannah. „Dort."

In der Ferne, auf halbem Weg zur Straße, saßen nicht nur ein, sondern zwei Wolfshund-Mischlinge und beobachteten sie. „Oh mein Gott. Das sind die Hunde."

„Die Hunde?"

Als ob sie es von dieser Entfernung hören könnten, sah es für Hannah so aus, als ob beide Tiere ihre Köpfe senkten. Nickten.

„Hast du das gesehen?" Hannah drehte sich zu ihm um, beide Handflächen flach auf seiner Brust.

„Das Nicken? Ja. Ich frage mich, ob sie einen nervösen Tick oder so etwas haben. Einer von ihnen hat das in der ersten Nacht auch bei mir getan."

Sie wandte sich wieder der Straße und den Hunden zu. „Wo sind sie hingegangen?"

„Sie sind gleich …" Dale blieb stehen und suchte erst links und dann rechts. „Sie sind weg. Was war das denn?"

„Das ist eine lange Geschichte. Und wir müssen in die Stadt und uns mit den anderen treffen."

Der Welpe kläffte wieder mit wedelndem Schwanz und heraushängender Zunge. Als weder Dale noch Hannah sich bewegten, kläffte der Kleine wieder und sprang gegen sie.

Dale sah sich noch einmal um und bückte sich dann, um den Welpen aufzuheben. „Ich bin mir nicht ganz sicher, aber ich glaube, er gehört jetzt uns."

Der Welpe bellte, nickte, leckte Dales Gesicht ab und huschte dann aus seinen Armen. Er warf Hannah fast um, als er in ihre Arme krabbelte und auch ihr über das Gesicht leckte.

„Uns, sagst du?" Hannah lächelte und blinzelte, als der Welpe sich an sie kuschelte. „Ich glaube, der Klang davon gefällt mir."

EPILOG

„Ich, Finnegan George Farraday, nehme dich, Joanna Marie Gaines, zu meiner Frau ...“ Diese Zeremonie war die vierte von fünf Farraday-Hochzeiten in weniger als einem Jahr. Ian Farraday war nicht allzu überrascht gewesen, als Adam geheiratet hatte, oder sogar Brooks. Aber als der Rest seiner Cousins, einer nach dem anderen, vom Liebesvirus befallen wurde, musste Ian zugeben, dass er nicht geglaubt hätte, dass wahre Liebe fast eine ganze Familie auf einmal treffen konnte. Doch der leidenschaftliche Ausdruck in den Augen aller hatte ihn vom Gegenteil überzeugt.

Natürlich war nichts so überraschend für ihn gewesen, als vor ein paar Wochen auf der Ranch aufzutauchen, um die neueste Farraday, Baby Helen, kennenzulernen und dabei zu erfahren, dass nun auch seine kleine Schwester Hals über Kopf verliebt war. Und auch noch in einen Polizisten. Gott sei Dank würde der Kerl bald der Polizei von Tuckers Bluff beitreten. Nicht, dass Ian etwas gegen die Dallas PD hatte, aber als Texas Ranger kannte er die Risiken, die eine Person einging, die jeden Tag eine Dienstmarke und eine Waffe trug, besser als jeder andere. Vor allem, da er Dales Absichten gegenüber Hannah kannte, war Ian verdammt froh, dass der Mann nicht mehr in einer Großstadt arbeiten würde.

„Du darfst die Braut jetzt küssen.“

Für ein paar Sekunden war Ian sich nicht sicher, ob Finn sich daran erinnern würde, dass sie in der Öffentlichkeit waren, und so wie der Prediger sich laut räusperte, schien es, als wäre er nicht der Einzige.

„Meine Damen und Herren, darf ich vorstellen, Mr. und Mrs. Finnegan Farraday."

„Finn hat geheiratet." Ian schüttelte den Kopf und drehte sich gerade rechtzeitig zu seiner Schwester, um zu sehen, wie Dale sich für einen kurzen Kuss auf die Lippen und ein Versprechen auf mehr zu ihr vorbeugte. Als älterer Bruder stellte sich Ian lieber vor, dass dieses Versprechen sich auf den Ring bezog, den Dale ihr an den Finger stecken wollte, sobald die üble Sache mit dem Famiglia-Gangsterboss vorbei war. Nicht, dass Hannah etwas von dem Ring wusste.

Gestern Abend hatte Dale ihren Vater in der Hotelbar eingeladen und seine Pläne offengelegt, sich in Tuckers Bluff niederzulassen und Hannah, wenn die Zeit reif war, zu fragen, ob sie ihn heiraten würde. Das Komische war, dass er zu glauben schien, dass er Zeit brauchte, um sie von der Idee zu überzeugen, ihn zu heiraten. Wenn dieser Kerl nicht wusste, dass Hannahs Antwort auch jetzt schon ein klares Ja wäre, dann steckte mehr Wahrheit in dem alten Ausdruck *Liebe macht blind*, als Ian gedacht hatte. Verdammt, sogar er konnte jedes Mal die Sterne in ihren Augen sehen, wenn sie in Dales Richtung blickte. Während die meisten Mädchen von Teenie-Schwarm zu Teenie-Schwarm gingen, drehte sich bei Hannah alles immer nur um Pferde. Jetzt nicht mehr. Seine kleine Schwester war definitiv erwachsen geworden. Wann zum Teufel war das nur passiert?

Reihe für Reihe verließen die Gäste die Kirchen-bänke und arbeiteten sich wie Vieh, das ihrem Anführer folgte, durch die Tür hinaus, um an den Kirchenstufen zu warten.

„Was ist das?" Ian sah hinunter auf den kegelförmigen Behälter, den seine Schwester ihm reichte und der mit … irgendetwas gefüllt war.

„Lavendel." Sie grinste.

„Wofür?"

Hannah verdrehte die Augen gen Himmel. „Zum Werfen, Dummchen."

„Es ist umweltfreundlich." Dale stellte sich neben Hannah auf die Stufen, einen Arm bequem um ihre Taille geschlungen. „Zumindest haben sie mir das so gesagt."

„Ich dachte, Vogelfutter wäre jetzt angesagt?" Ian hatte nie verstanden, warum man aufgehört hatte, Reis zu werfen. Es gab viele wissenschaftliche Studien, die zeigten, dass er Vögeln nicht schadete.

Hannah schlang ihren Arm um Dales Mitte und beugte sich vor. „Vogelfutter ist vielleicht nicht so schlimm für die Vögel, aber anscheinend können die Samen Verletzungen verursachen, wenn ein Gast mit einem starken Arm sie wirft. Und viele Bräute beschweren sich, dass es sich in ihrem Kleid verfängt. Und an anderen … lustigen Orten."

Jetzt gefiel Ian wirklich nicht, wie Hannah Dale grinsend ansah. Zu viele Infos für einen großen Bruder.

„Mach Platz, Cousin." Mit zwei Kegeln in einer Hand kamen D.J. und seine Frau Becky, um sich der Gruppe anzuschließen. „Bist du bereit für etwas richtige Arbeit?"

„Ha, ha, ha." Für die Zeit, die Finn und Joanna auf Hochzeitsreise waren, hatte Ian um Urlaub gebeten, um auf der Ranch auszuhelfen. „Sagt der Mann, der die meiste Zeit seines Tages hinter einem Schreibtisch sitzt."

D.J. senkte seine Stimme, „Finn sagt, dass ihnen ein weiteres Kalb fehlt."

„Nur eines?"

„Sieht so aus." D.J. zuckte mit den Schultern.

Ian verstand das nicht. Die meisten Viehdiebe nahmen so viele Rinder mit, wie sie in einen Anhänger laden konnten. Wenn sein Cousin ihm nicht gesagt hätte, dass nur eines vermisst wurde, würde er annehmen, dass es einen Bruch in der Zaunlinie gab und der Rancher zu dumm war, ihn zu finden.

„Hier kommen sie", quietschte Hannah, nahm ihren Arm von Dale weg und bereitete sich darauf vor, das junge Paar mit Lavendel zu bombardieren.

Nachdem die Braut und der Bräutigam wie verrückt zu der Kutsche gestürmt waren, die darauf wartete, sie zum Empfang zu bringen, jubelte die Menge weiter und duschte das Paar in Blüten, bis die Kutsche abfuhr.

Ian hingegen behielt seine Schwester im Auge, die mit Dale Händchen hielt. Er fing an, sich an die Vorstellung zu gewöhnen, dass sie nun eine Hälfte eines Paares war.

„Ich bin mir nicht sicher, wer es zuerst zum Altar schaffen wird." D.J. blickte Hannah und Dale an. „Die beiden oder Grace."

„Er muss sie erst fragen."

„Das kommt sicher früher, als alle denken."

Ian wandte seinen Blick von seiner Schwester ab, um seinen Cousin anzusehen. „Weißt du etwas, was der Rest von uns nicht weiß?"

„Mit der Aussage des Mannes, der im Krankenhaus gelandet ist, der Aufzeichnung auf Dales Telefon, seiner Aussage vor der Grand Jury und mehreren Augenzeugen von Marie Stewarts Drohung, Dale zu erschießen, arbeiten sie und mehrere Schlüsselfiguren gerade an ihrem Schuldbekenntnis." D.J. verschränkte die Arme.

„Sind sie nicht ein schönes Paar?" Ians Mutter stellte sich neben ihn. Er war sich nicht sicher, ob sie sich auf seinen Cousin Finn oder auf Hannah bezog.

„Ja. Das sind sie." Das galt für beide Paare.

Seine Mutter hakte ihren Ellbogen in seinen und begann zu laufen. „Weißt du, bei dieser Hochzeit werden viele nette Mädchen anwesend sein."

Ian entging nicht, wie D.J. die Augen verdrehte und ein Lachen unterdrückte.

„Da bin ich mir sicher."

„Ich meine es ernst." Das Lächeln verschwand aus dem Gesicht seiner Mutter. „Du wirst nicht jünger, weißt du. Du und dein Bruder hätten schon vor langer Zeit ein nettes Mädchen finden sollen."

„Ich weiß, Mom." Ian warf seinem Cousin über den Kopf seiner Mutter einen hör-auf-zu-Lachen-Blick zu. Er liebte seine Mutter, aber seine Arbeit ließ nicht viel Zeit für Verabredungen, nette Mädchen hin oder her.

Seine Mutter stieß einen resignierten Seufzer aus und Ian fragte sich, ob sie wirklich seine Gedanken lesen konnte.

„Versprich mir wenigstens, dass du ein oder zwei Mädchen zum Tanzen aufforderst?"

„Versprochen." Ian tätschelte ihren Arm. „Und eines Tages werde ich die richtige Frau finden, mach dir nur keine Hoffnungen, dass es auf der Hochzeitsfeier sein wird."

„Es ist mir egal, wo du sie findest, solange sie nicht hinter Gittern sitzt."

Zumindest war das ein Versprechen, das er problemlos halten konnte.

EXCERPT:

IANS GEFÜHLSCHAOS

Es gab viele Dinge im Leben, die nicht gut waren. Tod, Steuern – und wie jetzt – die Reflexion blinkender roter und blauer Lichter im Rückspiegel.

„Ich hätte auf der Party bleiben sollen", murmelte Kelly Ann Morgan vor sich hin, während sie an den Straßenrand fuhr. „Blöde Füße." Trotz der Warnung ihrer Mutter hatte sie sich dafür entschieden, die sexy Slingpumps mit fünf Zoll hohen Absätzen zu tragen, die sie groß und etwas schlanker aussehen ließen, aber selbst nachdem sie sie vor zwei Stunden ausgezogen hatte, waren die Schmerzen nicht weniger geworden. Nachdem Finn und seine Braut den Empfang verlassen hatten, konnte sie nur noch daran denken, ihre pochenden Füße hochzulegen und ins Bett zu kriechen. Während die anderen noch die ganze Nacht durchtanzten, hatte sie die Schwester des Bräutigams davon überzeugt, mit ihrem Bruder mitzufahren, damit Kelly die Feier gleich nach den Jungvermählten verlassen konnte. Wenn ihre dummen Füße nicht wären, würde sie immer noch mit all ihren Freunden auf dem Hochzeitsempfang tanzen, anstatt mit einem Polizeiauto an ihrer Stoßstange am Straßenrand anzuhalten.

Sie durchsuchte ihre perlenbesetzte Clutch nach ihrem Führerschein, atmete beruhigend ein und ging den letzten Teil der Strecke in Gedanken noch einmal ab, während sie sich fragte, was sie falsch gemacht haben könnte. Mit dem Führerschein in der Hand ließ sie das Fenster herunter und warf einen schnellen Blick auf die Windschutzscheibe. Keine abgelaufene Zulassung. Zumindest das war gut.

„Guten Abend, Miss. Führerschein und Versicherungsnachweis bitte?"

„Ja", *Hicks*, „Sir." Sie streckte ihre Hand aus. „Es tut mir leid." *Hicks*. „Ich bekomme Schluckauf, wenn ich nervös bin."

Der Beamte richtete seine Aufmerksamkeit von ihrem Führerschein auf ihr Gesicht. „Ich verstehe. Warten Sie bitte hier."

Vielleicht hatte sie ein durchgebranntes Rücklicht oder so. Angespannt in den Rückspiegel zu starren und zuzusehen, wie der Beamte auf den Vordersitz seines Streifenwagens stieg, half nicht, ihre verunsicherten Nerven zu beruhigen. Er hatte nur ihre Fahrzeugpapiere überprüft. Routine. Standardverfahren. Kein Grund zur Sorge. Schließlich war sie keine Kriminelle auf der Flucht.

Der hochragende Mann schlenderte mit unlesbarem Gesichtsausdruck zurück zu ihrer Tür.

Ungeduldig platzte sie heraus: „Habe ich etwas falsch gemacht?"

„Ein paar Blocks weiter hinten steht ein Stoppschild."

„Stoppschild?"

Sein Blick überflog mit einer schnellen Bewegung das Innere des Wagens. „Woher kommen Sie, Miss?"

„Von der Hochzeit eines Freundes." Sie holte tief Luft und schluckte schwer, während sie versuchte, diesen dummen nervösen Schluckauf zu unterdrücken.

„Haben Sie gefeiert?", fragte er ruhig.

Kelly nickte. Sie wagte nicht, den Mund zu öffnen.

„Ein paar Drinks?"

„Nein, Sir. Nun, ja, Sir, aber ich bin vollkommen nüchtern."

Der Beamte nickte und trat einen halben Schritt zurück. „Wenn Sie bitte aus dem Auto steigen würden?"

„Ich hatte meinen letzten Drink vor mindestens ein paar Stunden." Sie ließ einen Fuß aus der Tür baumeln, dann einen anderen. „Glauben Sie mir, niemand hätte mich aus der Halle gelassen, wenn ich mehr gehabt hätte." *Hicks*.

Der Blick des Mannes senkte sich und für ein paar aufregende Sekunden dachte sie, er bewundere ihre Beine. „Miss, wo sind Ihre Schuhe?"

„Schuhe?" Meinte er diese schrecklich teuren Foltergeräte? Sie warf ihren Daumen über ihre Schulter in Richtung Rücksitz, nur um plötzlich zu realisieren, dass sie sich nicht daran erinnern konnte, sie überhaupt dorthin geworfen zu haben. „Ich … glaube, ich habe sie auf dem Empfang vergessen."

„Würden Sie sich bitte mit ausgestreckten Armen gerade hinstellen und Ihren rechten Fuß sechs Zoll über den Boden heben."

„Ja", *Hicks*, „natürlich, aber ich kann die ganze Sache klären, wenn ich nur eine Minute bekäme, um jemanden anzurufen. Sehen Sie …" Sie kippte mit ausgebreiteten Armen zur Seite. Auf einem Bein zu balancieren war noch nie ihre Stärke gewesen. Mit sechs Jahren war sie aus dem Ballettunterricht geflogen. Sie richtete sich neu aus und versuchte es noch einmal, wobei sie unsicher schwankte, bevor sie fast noch einmal umkippte. „Oh, vergessen wir das. Wenn ich nur kurz einen Anruf –"

Der Beamte hob seine Taschenlampe. „Lehnen sie

den Feld-Nüchternheitstest ab?"

Sie nahm all ihren Mut zusammen und straffte die Schultern. Wenn das Stehen auf einem Bein Teil des Tests war, würde sie ihn nie bestehen. „Tue ich."

„Dann werden Sie ihren einen Anruf definitiv bekommen."

„Mom wird überaus enttäuscht sein, dass die Party fast vorbei ist und du mit mir anstatt einer Single-Frau tanzt." Ian Farradays kleine Schwester Hannah lächelte zu ihm hinauf.

„Nur weil D.J. seinen zukünftigen Schwager dazu gebracht hat, beim Einladen der Hochzeitsgeschenke zu helfen." Auf der anderen Seite der Halle entdeckte er seine Mutter, die sich der Tanzfläche an der Seite seines Vaters näherte. „Außerdem, wenn Dad nicht schlapp macht, bevor das Lied endet, wird Mom es nicht bemerken."

Hannah kicherte. „Ich schätze, du und Jamie haben Glück, dass sie das Tanzen mehr liebt als das Singen."

„Aber Jamie tanzt nicht mit seiner Schwester."

„Nein." Hannah runzelte die Stirn. „Diese Blondine hat ihn in Beschlag genommen, seit Joanna den Kuchen angeschnitten hat."

„Du verlierst dein Gespür, Schwesterchen. Die Blondine hat sich Jamie schon auserkoren, bevor sie das erste Glas Champagner eingeschenkt haben."

Hannahs Blick wanderte durch die große Halle zu ihrem ältesten Bruder und der Möchtegern-Marilyn-Monroe, die sich zur Musik drehte. „Jamie war derjenige, der sich am besten bei den Tanzstunden gemacht hat, auf die Mom bestanden hat."

„Es hat geholfen, dass er alt genug war, um zu

verstehen, dass alle Mädchen auf Kerle stehen, die eine Runde auf der Tanzfläche drehen können, ohne ihnen auf die Füße zu treten." Ian war nur ein paar Jahre jünger als sein Bruder, aber damals hatte er den Tanzunterricht als große Zumutung empfunden. Erst als er auf dem College war und den Two-Step gemeistert hatte – und dadurch die tollsten Mädchen für sich gewann – wurde ihm klar, dass seine Mutter wieder einmal Recht behalten sollte. Was ihn nur kurz dazu brachte, sich zu fragen, warum sie sich jetzt entschieden hatte, immer wieder dieselbe Leier über sein Dasein als Junggeselle anzustimmen.

Der Discjockey kündigte das letzte Lied des Abends an und Ian drehte seine Schwester zu den ersten Tönen der beliebten Melodie von *Time of Your Life*. Am Ende des Songs lachten sie, waren außer Atem und bereit schlafen zu gehen.

Ein paar Meter von ihrem leeren Tisch entfernt erregte das Klingeln eines Handys Ians Aufmerksamkeit. Er beschleunigte seinen Schritt, folgte dem Geräusch und entdeckte den Übeltäter unter der Serviette neben D.J.s Platz. Die Anrufer-ID verwies auf das Lew Sterrett Justice Center. Normalerweise hätte er das Telefon einer anderen Person auf die Mailbox gehen lassen, aber so spät in der Nacht entschied er sich zu antworten. „Hallo."

„D.J.?"

„Nein. D.J. ist bald zurück. Hier ist Ian. Kann ich helfen?"

„Hoffentlich." Er hörte an der Stimme der Anruferin, dass es einen Haken geben musste. „Hier ist Kelly Morgan und ich habe ein kleines Problem."

Wenn sie im Lew Sterrett Justice Center war, würde er auf nicht ganz so klein tippen.

„Sie denken, ich hätte getrunken."

Denken? Alle auf dem Empfang hatten etwas

getrunken. Die Eltern der Braut hatten kein Kosten gescheut. Nicht bei der historischen Art-Deco-Location, dem Essen oder dem fließenden Alkohol.

„Ich habe den Feld-Nüchternheitstest abgelehnt."

Was bedeutete, dass der beteiligte Beamte sie zu Bluttests auf die Wache gebracht hatte. Für ihn klang sie nicht wirklich betrunken, aber er hatte keine Ahnung, wie lange sie schon im Gefängnis war, bevor sie ihren Anruf bekam.

„D.J. muss herkommen und erklären, dass ich keine", ein schwerer Seufzer ertönte durch das Telefon, „… Säuferin bin. Dann können", sie atmete tief ein und er könnte schwören, dass er sie schlucken gehört hatte, „… können sie mich nach Hause gehen lassen." Sie atmete zittrig aus, was die Angst unter dem selbstbewussten Wagemut entblößte. „Schnell, bitte."

„Wir kommen." Er beendete das Gespräch, ließ den Blick durch die große Halle schweifen und wandte sich dann seiner Schwester zu. „Wir müssen D.J. finden. Schnell."

Hannah deutete auf die Treppe, die zum halbkreisförmigen Empfangsbereich bei den Vordertüren hinunterführte. „Er kommt gerade rein."

Er wartete nicht auf seine Schwester, sondern ging so schnell wie möglich, ohne Aufmerksamkeit zu erregen, zu seinem Cousin. „Wir haben ein Problem."

D.J.s Augenbrauen zogen sich zu einem Stirnrunzeln nach oben. „Was ist passiert?"

„Kelly hat dich angerufen." Ian reichte D.J. sein Handy. „Sie wurde festgenommen. Trunkenheit am Steuer."

„Was?" D.J.s Augenbrauen schossen noch höher auf seine Stirn hinauf.

Dale, der vor kurzem die Polizei von Dallas verlassen hatte, trat um seinen Freund herum. „Wo ist sie?"

„Lew Sterrett."

„Lasst uns gehen", sagten D.J. und Dale gleichzeitig.

Ian drehte sich zu seiner Schwester um und warf ihr seine Schlüssel zu. „Du bringst mein Auto zurück zum Hotel. Ich treffe dich später."

„Ich werde euch folgen." Hannah beugte sich über einen Tisch in der Nähe und griff nach ihrer Handtasche.

„Nein", hallte es von Dale und D.J. erneut gleichzeitig, bevor D.J. fortfuhr: „Keine gute Idee. Wir kümmern uns darum. Sag besser niemandem, was los ist. Wir müssen niemanden beunruhigen, solange wir nichts Genaueres wissen."

Ian konnte sehen, wie sich Protest im Kopf seiner Schwester formte, aber mit einem langsamen Nicken stimmte sie zu.

Das Gefängnis war nicht weit von der Empfangshalle auf dem Messegelände entfernt und Ian und die anderen stürmten im Handumdrehen durch die Türen hinein.

Der Beamte an der Rezeption hob den Blick, als die drei Männer in das Gebäude vordrangen. In der Sekunde, in der sein Blick auf Dale fiel, entspannten sich seine Schultern und freundschaftliche Vertrautheit leuchtete in seinen Augen. „Was führt dich zu dieser Stunde hierher?"

„Wir sind wegen einer Freundin hier."

Der Kopf des Beamten nahm die Männer zu beiden Seiten von Dale wahr, die beide ihren Abzeichen an ihren Gürteln befestigt hatten. Der ältere Mann konzentrierte sich auf D.J., runzelte die Stirn und verengte seinen Blick. „Farraday?"

DJ nickte, aber das Lächeln war gezwungen. Er war nicht in Stimmung für Smalltalk und Ian verstand warum.

Als er sich Ians Texas-Ranger-Abzeichen zuwandte

entspannte sich die steife Haltung des Beamten jedoch nicht. „Wen haben wir in Gewahrsam, der rechtfertigt, dass uns zwei ehemalige Polizisten aus Dallas und ein Ranger einen Besuch abstatten?"

„Kelly Morgan", antwortete D.J., dessen Haltung viel lockerer und freundlicher war, als die des Mannes hinter dem Schreibtisch.

„Morgan", murmelte der Beamte und tippte auf einer Tastatur. „Der Fall von Trunkenheit am Steuer?" Sein Gesichtsausdruck wechselte von territorialer Arroganz zu totaler Verwirrung.

„Sie ist eine Freundin", wiederholte Dale mit einem beiläufigen Achselzucken. „Wer war der festnehmende Beamte?"

„Cavanaugh."

Aus dem schnellen Kopfnicken von Dale, das dem von D.J. glich, ging Ian davon aus, dass dies Kumpelsprache für *Damit können wir arbeiten* war.

„Können wir sie sehen?", fragte D.J..

Der Beamte musterte die Männer, blickte zu Dale und zuckte mit den Schultern. „Ihr kennt die Routine."

Diesmal war Dales Grinsen eher das eines Freundes. „Danke Jack."

Vom Eingangsbereich des Gebäudes bis zu der Zelle, wo Kelly und ein paar andere fehlgeleitete Seelen und mindestens ein paar leichte Mädchen warteten, war es nur ein kurzer Weg. Selbst wenn er Kelly nicht vor kurzem auf dem Empfang gesehen hätte, wäre sie leicht zu erkennen gewesen. Wenn sie sich noch dichter an die hintere Wand drückte, würde sie eins mit ihr werden. Die Begeisterung in ihren Augen als sie D.J. erblickte, ließ Ian wünschen, jemand hätte sie daran gehindert, allein nach Hause zu fahren.

„Du bist hier", sagte sie, als sie sich den kalten Metallstäben näherte. „Kann ich hier jetzt raus?" Diesmal konnte ihre schwache Stimme die Angst nicht verbergen.

D.J. deutete mit einem Daumen über die Schulter zu Ian. „Es zahlt sich aus, Freunde in hohen Positionen zu haben."

Erleichterte und dankbare Augen richteten sich auf Ian. „Wenn das ja bedeutet, schulde ich dir mein erstgeborenes Kind.

Wenigstens hatte sie noch Humor. „Das wird nicht nötig sein." Zumal ihre Freiheit ihren Preis hatte. Mindestens für die nächsten vierundzwanzig Stunden würde sich eine gewisse Kelly Morgan in seinem Gewahrsam befinden.

ÜBER CHRIS KENISTON

Chris Keniston ist Autorin von vierzig zeitgenössischen Romanen und lebt mit ihrem Mann, zwei menschlichen Kindern und zwei Hundekindern in einem Vorort von Dallas. Obwohl sie beide Hunde gleichermaßen liebt, gibt sie zu, eine ganz besondere Bindung zu ihrem Deutschen Schäferhund aus dem Tierheim zu haben. Schließlich verdienen auch Hunde ein Happy End.

Auf www.chriskeniston.com erfahren Sie mehr über Chris Keniston und ihre Bücher.

Folgen Sie Chris Keniston auf Facebook unter dem Namen ChrisKenistonAuthor und auf Twitter unter dem Namen @ckenistonauthor.

MEHR BÜCHER

VON CHRIS KENISTON

Weitere Bücher der Farraday-Country-
Reihe:
Adams geheimnisvolle Braut
Brooks' verbotene Sehnsucht
Connors Herzenswunsch
Declans überraschende Begegnung
Ethans Himmel auf Erden
Finns zweite Chance
Graces trautes Heim
Hannahs edler Ritter
Ians Gefühlschaos